HÁ UMA LÁPIDE COM O SEU NOME

HÁ UMA LÁPIDE COM O SEU NOME

CAMILLA CANUTO

© Camilla Canuto, 2021
© Oficina Raquel, 2021

Este é um projeto apoiado pelo Edital de Premiação de Artes Visuais e Literatura, proposto pelo Governo de Sergipe, através da Fundação de Cultura e Arte Aperipê de Sergipe – FUNCAP, com recursos da Lei Aldir Blanc.

Editores
Raquel Menezes e Jorge Marques

Revisão
Oficina Raquel

Assistente editorial
Mario Felix

Capa
Cibele Nogueira

Diagramação
Daniella Riet

DADOS INTERNACIONAIS PARA
CATALOGAÇÃO NA PUBLICAÇÃO (CIP)

C235h Canuto, Camilla.
     Há uma lápide com o seu nome / Camilla Canuto. –
Rio de Janeiro : Oficina Raquel, 2021.
     108 p. ; 21 cm.

     ISBN 978-65-86280-70-8

     1. Ficção brasileira. Título.

CDD B869.3
CDU 821.134.3(81)-3

Bibliotecária: Ana Paula Oliveira Jacques / CRB-7 6963

www.oficinaraquel.com.br
@oficinaeditora
editorial@oficinaraquel.com

Comer os figos,
antes que despenquem murchos.

parte um

1

Orou para que a criança não vingasse. Não que fosse crente, rezava pouco, vez ou outra, quando acordava de ressaca ou tinha dor de barriga. Meu Deus, me perdoe, nunca mais eu me embriago, nunca mais eu como besteira!, ele prometia com as mãos juntas na frente da testa, perante o altarzinho que a mãe, muito devota, tinha em casa.

Se a fé no divino era capenga, a fé em si recompensava. Tinha uma crença vigorosa no absoluto de suas vontades. Não concebia ser desatendido, sequer sabia o que era ser desatendido. Viveu até aquele momento com seus desejos sendo realizados pelas mulheres que o rodeavam. A mãe lhe passava as roupas a ferro até o suor escorrer pelas pernas, roxas e inchadas de cansaço. Cosia para o filho cuecas personalizadas, as que se compravam prontas faziam, todas, coçar e arder a virilha do menino. Cozia à parte o bife acebolado que ele tanto gostava, todo dia, sem falta, para que não reclamasse. Apenas a Sexta-Feira Santa comportava exceção.

Todas nascidas antes de João, eram quatro suas irmãs. Maria, Rosa, Ana e Eunice, por ordem de chegada. As duas primeiras eram gêmeas e um tanto débeis, como se a inteligência reservada a uma delas tivesse precisado se dividir na hora do parto, para contemplar cada qual com uma metade. As duas últimas não tinham qualquer característica especial, foram as que vieram enquanto não vinha um menino. Apinhadas num cômodo de pouco mais de vinte metros quadrados, elas ajudavam umas às outras a arrumarem os cabelos, fecharem os vestidos e enxugarem as lágrimas. Enquanto isso, ele desfrutava sozinho da suíte ao lado, o único quarto da casa, naturalmente, com acesso à rua.

No seu aniversário de treze anos, saiu com o pai. Jantariam fora, só os homens. Chegaram às oito num sobrado de fachada sem janelas. Entre a casa e a rua a passagem se fazia por uma porta grande, de vidro jateado. Por dentro, uma atmosfera avermelhada, como se as luzes estivessem banhadas de sangue. O pai tocou a campainha e, quando a senhora atendeu, abrindo a porta, um bafo quente soprou lá de dentro, esquentando o rosto do garoto. Talvez por isso chamassem o lugar de inferninho.

A velha já sabia que seria o presente do aniversariante. Os donzelinhos eram os seus preferidos. Com os olhos mortos de fome, ela segurou a mão de João e indagou – sem no entanto aparentar dúvida – se ele queria ver o que havia debaixo do seu vestido. João assentiu, aliás, obedeceu, seguindo com ela para um quarto no final do corredor. De frente para ele e de costas para um espelho que devia morar ali antes dela, tirou o vestido por cima da cabeça. No reflexo da velha ele viu a bunda que ela não cobria com nenhuma parte de baixo. A bunda mal se dividia em bandas de tão murcha, e se confundia com a gordura lombar que recaía sobre o traseiro. Paralisado por aquela nudez desenxabida, ele precisou que Nilza, era o nome dela, tocasse em seus ombros para trazê-lo de volta ao mundo em movimento, tocasse em seus ombros e escorresse por eles até chegar aos quadris, que puxou para si, cobrindo nela, com os quartos dele, a parte para onde João deveria ter olhado, mas ainda não tinha conseguido. Estava envergonhado com aquela intimidade toda.

Seu pauzinho juvenil foi endurecendo mesmo que ele se esforçasse para contraí-lo, estava enfeitiçado, o apetrecho, movia-se sem que João o comandasse. Aquilo era de um desconforto inédito – ele queria se levantar, ir embora, mas Nilza, que o tinha então jogado na cama e subido em cima dele, prendia com os joelhos as mãos do menino enquanto terminava de despi-lo. A velha amolecia sobre seu corpo, pelo que ele a tocava compulsoriamente, com o pescoço, o nariz, as coxas, sem saber exatamente que performance esperavam dele a velha, o pai e o espelho oxidado que testemunhava a cena.

Não foram quinze minutos entre a chegada de João ao inferno e sua ressureição. O primeiro gozo que ele não viu escorrer pelo poço da privada, pelo ralo do banheiro, foi aquele em que ele mal tinha tido participação – por ele trabalharam as mãos, as dobras e a boca com nove dentes de dona Nilza. Foi esse o início e o retrato de sua adolescência, ao final da qual conheceu Adelaide.

Na confraternização de fim de ano da Fábrica Confiança, dez lugares estavam reservados, lado a lado, às famílias de Cardoso e de Vital, que ocupavam postos importantes na tecelagem. João por acaso se sentou junto à filha dos Vital – a quem, a princípio, não deu muita importância. Ela usava um rabo de cavalo alto, do lado esquerdo da cabeça, e uma franja modelada sobre a testa que, suada, deixava entrever algumas espinhas – pouco atraente, portanto, a João, que ao contrário dela era praticamente um homem. Pouco atraente – até que as pernas dos dois passaram a se encontrar, displicente e inevitavelmente, sob a toalha da mesa. O arrepio involuntário fez com que ele desse mais atenção à Adelaide, uma moça, ele então reparou, com olhos curiosos, que não assentavam com a tolice que o resto da cara imprimia. Era quatro anos mais velho do que ela, a menina com que, dois natais mais tarde, ele iria se casar.

Os galanteios começaram naquela noite e rapidamente evoluíram. O namoro tinha a aprovação das famílias, de modo que passeios entre os dois eram não só permitidos como frequentes. Faziam juntos as poucas coisas que a cidade oferecia. Lanchavam na padaria Cecy, vez ou outra iam mergulhar na Cinelândia. Ela era doida para dançar no Iate Clube, mas dançar não era com ele, não. E ir sem ele, nem pensar. Foi com João que Adelaide entrou, pela primeira vez, em contato com o prazer. Não exatamente por causa dele, mas pelo que ele lhe mostrou que existia. Em si, um buraco fundo. Onde cabiam seus dedos, seu desejo e sua imaginação.

Aí Adelaide engravidou. Numa noite como outra de agosto, numa das ocasiões em que João colocou nela suas vontades.

Não tinham se demorado com pudores, a primeira vez que ele pôs a mão por baixo de sua blusa, procurando os peitinhos que mal tinha, não vai mentir – ela se espantou. Mas deixou que ele se divertisse. Passado o susto, ela viu que gostava, sentia até um pouquinho de cócegas. Deixou que as mãos afundassem.

Foi a permissão precursora. As demais, então, estavam dadas.

No feriado da república de 1985, as regras – porque com a menstruação ela era eufêmica – as regras de Adelaide atrasavam. Deviam ter vindo há um mês e treze dias, compartilhou com João. Esperava que ele reagisse mal, e estava certa. Aquilo não poderia acontecer, foi o que ele disse. Deveria avisar quando o período fosse impróprio, para que ele saísse dela antes da esporrada. Usou essa palavra, esporrada.

— Você quer me foder? Nem emprego eu tenho.

Ela se calou. Se ele nunca havia perguntado sobre conveniência, era porque não se importava.

Incapaz de exigir de Adelaide um aborto, muito mais por covardia do que por castidade, pois não poderia assumir seu medo, João fechou os olhos e, surpreendendo a si mesmo, pediu a Deus, em silêncio, que a criança não vingasse.

Mas a criança o contrariou.

2

Filha única, os pais haviam prometido uma festa de debutante formidável. Era seu sonho desde novinha. Se imaginava usando um vestido cheio de anáguas, descendo as escadas do salão de festas ao som de Menina Veneno, os convidados aplaudindo o espetáculo, "está uma moça linda!", diriam. Prestes a completar quinze anos, porém, o bebê começou a ocupar suas entranhas. Não deixou de ter uma festa que marcasse a passagem para a vida adulta, mas nela vestiu branco e precisou dividir as atenções com o esposo e com a barriga já apontando. Casaram-se dia 23 de dezembro de 1985, ela passava dos três meses de gestação.

    Mas antes: João não ficou feliz com a gravidez, ela tinha notado. Quando feliz ele tinha esse tique, passava a mão nos cabelos, modelava os fios para cima com os dedos abertos em pente, deixando exposta a testa brilhosa de oleosidade. Em vez disso ele fechou os olhos longamente e, quando abriu, olhou para o chão, para o céu, só depois para ela. Sem piscar, avisou que se aquela história fosse verdade, quando tivesse certeza, se sua barriga crescesse mesmo, ela se preparasse para contar a notícia às famílias.

    Ela não precisava esperar, já tinha certeza. Era muito regular. E, sim, tinha feito um teste antes de contar a João. Andou sozinha por mais de três quilômetros, do Santo

Antônio até o Cirurgia, para encontrar uma farmácia onde não corresse o risco de encontrar alguém conhecido. Urinou no caminho de volta, em uma loja de sapatos onde pediu para usar o banheiro. Só contou a ele depois do positivo, ora, não ia se desgastar à toa.

De modo que, alguns dias depois, revelou a gravidez à mãe. "Nem terminou o segundo grau, minha filha!", foi o que Eulália primeiro respondeu. Mas a ideia de ser uma avó jovem, para acompanhar os pequenos enquanto ainda tivesse energia, logo a fez se animar.

— Por favor, conte a papai, eu não tenho coragem – Adelaide pediu, ao que Eulália rebateu:

— Já é moça suficiente pra fazer um filho, não pode se acovardar agora.

No fim, foi mesmo Eulália quem contou ao esposo. Raul a ouviu telefonando para o médico:

— O que quer com doutor Almir?

— É pra Adelaide.

— Tá doente?

— Não é bem uma doença.

— E é o quê?

— Uma criança.

Pragmático, Raul não censurou a filha, mas também não fez festa com a vinda do neto. Mandou que Adelaide chamasse o rapaz para que ajeitassem o casamento antes que a barriga aparecesse demais. "Não sei com que cara eu vou olhar pra Cardoso", ela o ouviu reclamar para si mesmo, mais tarde.

13

A mãe e a sogra tomaram a frente da organização com a velocidade que a situação pedia. Uma acertou com a igreja, a outra contratou o bufê. Rosa, sua cunhada, conseguiu um vestido emprestado com uma vizinha – que, por ser um pouco mais baixa que Adelaide, deixava seus tornozelos à mostra. Não gastaram com aluguel de espaço, a fábrica cedeu às famílias um galpão. Em contrapartida todos os funcionários foram convidados, sairiam de mão de vaca se fosse diferente, e as famílias, tão importantes, não queriam aquele estigma. Se abastança era importante, parecer abastado era imprescindível.

Enquanto isso Adelaide folheava revistas para decidir que penteado usar. Para ela o dia do casamento era isto: uma oportunidade de arrumar os cabelos no salão de beleza. Não era uma perspectiva ruim, ao contrário, estava empolgada com a ideia, tinha enfim com o que ocupar a cabeça. Preso, semipreso? Uso uma tiara ou uma presilha? Acho que não vou querer um véu muito comprido, mamãe.

Esses preparativos evitaram que ela criasse expectativas para a vida de casada. Tampouco na igreja ela conseguia se distrair com o futuro: estava mais preocupada em não escorregar do salto que a mãe lhe emprestou. Os pés, suados, obrigavam que ela segurasse a sandália com a contração dos dedos, o que por sua vez fazia doer da panturrilha até a bunda. No altar, inteira e aliviada, finalmente olhou para quem tinha vindo testemunhar o enlace. Metade daquela gente era desconhecida. O padre, não, o padre era o mesmo que tinha rezado em sua primeira comunhão, poucos anos antes.

Depois de receber a benção na igreja do Santo Antônio, noivos e convidados seguiram para a fábrica, ali perto. Até entrar no galpão, Adelaide não tinha pensado no que viria depois da festa. Só quando viu aquele vão de ferro e concreto, as mesas de plástico cobertas por toalhas brancas, cada qual com um vasinho de flores, algumas já pendendo de calor, ela entendeu o que seria a vida dali em diante. Nada demais, o suficiente, no máximo, para uma notinha na coluna social.

No final da festa, Joaquim, o dono da indústria, já bêbado e tomado pelo espírito natalino, prometeu aos filhos dos gerentes um terreno de presente – "Aos pombinhos!" –, e tome uísque para dentro. No dia seguinte acordou arrependido, mas não deixaria de cumprir sua palavra. Era um terreninho miúdo mas de boa localização, na rua Porto da Folha.

Enquanto a casa era levantada, João foi morar com os sogros. Ele que ficou à frente da obra – não entendia nada, só gostava de mandar nos pedreiros. Era uma ocupação, já que não tinha emprego. Era também uma maneira de ficar longe dos enjoos de Adelaide, dos enjoos de todos daquela família a que ele agora se via implicado.

A coitada todo dia tinha certeza de que seria seu último, vomitava três, quatro vezes a cada turno, quando não estava vomitando estava chorando. "Que inferno, mamãe, que inferno!", e dona Eulália calada, não era de fazer dengo, a filha precisava sofrer, só assim amadureceria. Com seis meses de barriga o mal lhe foi finalmente arrefecendo, até que as náuseas sumiram.

Só então mandou aprontar o enxoval, queria tudo branco e com muita renda, lençol, toalha, cueiro, em cada um a mesma letrinha A; se fosse menina, A de Alice, se fosse menino, A de André:

— Por que não coloca as iniciais do nome completo?

— E eu vou bordar um "AVC" nas coisas da criança, mamãe?

Alice nasceu em 11 de maio de 1986, em casa, sobre a cama do casal. Viveram o primeiro ano de casamento sob o teto e os comandos dos Vital, a casa ainda demoraria a ser levantada. João não servia a mestre de obras, mas tampouco assumia sua incapacidade de gestão, de forma que a edificação seguia a passos lentos, com tantas mudanças e impasses. Foi um ano Adelaide ocupando-se da menina enquanto João ocupava-se da construção. Ele chegava no fim da tarde coberto de cal e queria beijar a cabecinha mole do bebê. "Você nem pense de encostar nela antes de tirar essa sujeira da cara", respondia, ríspida.

Não tinha por que ser doce, o homem não lhe era bom. Nunca perguntava como ela se sentia, como tinha passado o dia. Mas perguntava o que tinha para jantar, e reclamava do que tinha para jantar, e reclamava, enquanto jantava, do que comia. Mas sempre comia até o fim. Depois punha o prato na pia e ia para o quarto palitando os dentes.

A noite era a hora preferida dela, a hora em que finalmente seria tocada pelo marido. Não dependia dele para se aprazer, seus dedos, o bidê, a máquina de lavar, todos a satisfaziam. Mas era preguiçosa – mais do que a parceria, o que a encantava era ter alguém fazendo aquilo por ela, dando-lhe um prazer indolente.

Quando se deitavam, os dois ficavam calados – e portanto não se ofendiam. João tinha uma voz esganiçada de quem forçava para falar grosso. De forma que seu silêncio noturno era o que tinha de mais sensual. Com a mão sobre a boca dele – com a desculpa de que os pais dormiam no quarto ao lado, para que ele não emitisse som nenhum –, se sentia em potência máxima.

A cadência com que ofegavam, às vezes em sintonia, outras vezes dissonantes, sempre baixinho, colocava Adelaide em um estado de excedência que era impossível de atingir de pé. Deitada, espalhada sobre a cama, ela saía de si pela extremidade dos dedos, pela dupla ponta dos cabelos, por todos os lados. Como era delicioso derreter. A cada metida, o estômago se contraía e ela se via obrigada a segurar a garganta por dentro, para não gritar, não vomitar – esse júbilo de controle, só o marido lhe dava. Ali, até o amava, se esquecia de que ele chegara sujo, de que reclamara da comida, de que ignorara suas dores. Só paravam quando a menina acordava chorando ou quando Adelaide, ainda com a bexiga baixa da gravidez recente, precisava urinar.

A vida seria aquilo pelos anos seguintes – e pronto. Afora o chamego noturno, mais nada de bom. Ela em casa cuidando de uma menina de quem tinha idade para ser irmã, o marido na rua fazendo sabe-se lá o que o dia inteiro. A desesperança incapacitante. E a certeza da mediocridade. Nenhuma dessas coisas a revoltou: pelo menos sabia o que esperar.

Não revoltou, mas a transformou muito cedo, com quinze anos e um recém-nascido no colo, em uma mulher chata. Virou uma mulher chata antes mesmo de se reconhecer mulher, pois ainda se achava menina. Acreditava que todos ao seu redor estavam decididamente prestes a acabar com sua alegria. Cedo também tornou-se egoísta, não porque não pensava nos outros, ao contrário, pensava demais nos outros, pensava que os outros estavam sempre procurando motivos para encaçapá-la na primeira vala que aparecesse, estava sempre com medo de cair no vazio, no buraco que cavariam ao seu redor, no buraco que seus pés, pesados e inchados, tinham criado por onde caminharam. Achava que o marido a desprezava. De fato, ele lhe era pouco atento, e acreditava que todos, a começar por aquele homem – a seus olhos também desprezível, exceto na cama – todos a enxergavam com desprezo. Não era apaixonada por ele, era para ser só uma paquera, um primeiro romance, para que ela construísse uma identidade social além da que reproduzia em casa e na escola. O pai vivia falando do amigo, Cardoso pra lá, Cardoso pra cá, como alguém digno de muita admiração, de modo que ela o admirava por tabela. Quando o rapaz, o Júnior, veio sentar ao seu lado na festa, ela imaginou que o pai fosse ficar orgulhoso. E sentiu-se orgulhosa também. Era assim, contaminava-se pelo que os outros pensavam dela, pelo que os outros pensavam dos outros, não era assim porque queria; era, somente.

 O romance entre os dois foi oficializado, as famílias festejaram e ela acabou por confundir o apaixonamento por si – pela felicidade geral de que seu charme tinha sido centelha – com algum sentimento mais nobre em relação a ele. Só quando se viu esposa e mãe percebeu que não sentia nada especial pelo marido. Nada diferente do que sentia quando olhava para um apresentador de tevê, para um garçom, um açougueiro qualquer.

 Passou a acreditar no que, para ela, todos criam: que era desprezível. Tratava a si e aos outros com esse desprezo, virou o ser desprezível que a fizeram – que fez a si mesma – acreditar que era. E parecia gostar desse lugar. Porque assim tinha licença para estar sempre no papel de vítima, injustiçada, emocionalmente buliçosa. E podia assim justificar, pelo outro que lhe estagnava, sua ira e sua inação para com o mundo.

Gostava de chorar e ir se olhar no espelho. Via escorrendo as lágrimas sobre seu rosto pálido. As lágrimas tomavam as bochechas, salgavam a boca e desciam para o pescoço, chegando a pingar sobre o decote. Achava sensual aquela água que era sua ir descendo sobre o corpo. E chorava mais, hipnotizada pela sensualidade de seu choro. Não sentia tristeza, sentia vontade de chorar para ver o rosto avermelhado, inchado. Depois de tudo, sorria. Enxugava as lágrimas sorrindo para o seu reflexo, que achava bonito. Seu reflexo não lhe fazia sofrer.

Também em frente ao espelho, trançava os cabelos com força. Eram volumosos e cacheados os cabelos de Adelaide e ela para domá-los penteava a raiz para trás e para baixo até lhe doer o couro. Dividia-os em duas partes laterais que formavam cada qual uma trança. Depois enrolava as tranças uma sobre a outra formando um coque redondo, bonito e dolorido, solto apenas à noite, quando ela deitava para fazer amor. Durante o sono não raro ela sonhava que alguém vinha por detrás e lhe cortava os cabelos na altura dos ombros, ela passava a mão e seguia por onde estavam seus cachos mas encontrava o vazio. Olhava para trás e via alguém com as mechas na mão a açoitar as próprias costas, que sangravam. Era sempre uma variação disso. A primeira coisa que fazia ao acordar era conferir se os cabelos continuavam a enfeitar a cabeça. Passava a mão e seguia por onde estavam seus cachos – e os encontrava.

Os dias de Adelaide eram todos meio iguais; ela se acordava e acordava João, que levantava ligeiro mas ainda adormecido. Enquanto ele tomava seu banho ela ia visitar a menina no quarto ao lado. Alice dormia bem, exceto por algumas noites que a cólica lhe tomava de assalto.

— É o queijo – dizia Eulália. – Você tem que cortar o queijo, criatura! – mas Adelaide se recusava. Não deixaria de comer cuscuz com queijo de manhã, uma das poucas fontes de prazer que tinha, por causa dos caprichos da menina.

— Ela tem que entender de agora, mamãe, que quem manda em mim sou eu.

João descia para tomar café da manhã e encontrava a mesa posta; cuscuz, ovo, queijo, café quente e água gelada.

— Vai querer um mamãozinho hoje, João? – a sogra lhe perguntava.

— Não, dona Eulália, obrigado, por favor, me passe o sal, teve gente que esqueceu de temperar os ovos – olhava para o sogro, sentado ao seu lado, que lhe respondia com uma cumplicidade silenciosa.

João estava agora dividindo-se entre a construção da casa e um trabalho na Confiança que o pai ajeitara para ele. Disse que precisava de um assistente na gerência e indicou o filho para assumir o posto. Tinha de ser alguém em que confiasse, de modo que o rapaz, um chefe de família, de boa procedência e que precisava desesperadamente de um trabalho para enfim sair da casa dos sogros, e que por acaso era também seu filho, era uma opção inescapável.

Enquanto ele estava na rua, Adelaide estava em casa. A menina tomava muito de seu tempo, ela gostava de dizer

– apesar de Naninha, a empregada da casa, servir também de babá. Naninha achava linda aquela criança bochechuda, com três dobras atrás dos joelhos, que quando ninguém estava olhando, mordia. Um dia eu corto essa perna fora e faço bife para o mês inteiro!, pensava. A imagem ao mesmo tempo repreensível e saborosa. Não pensava a sério, evidentemente, mas também sentia o desejo como verdadeiro. Amava tanto aquela menina que Naninha, não a tendo gerado, a queria dentro dela.

— Dona Adê! — Naninha chamava. — A menina tá querendo peito.

E Adelaide ia se dar de mau gosto. Achava feio botar o peito na boca de um bebê, ainda mais de uma menina, mas botava mesmo assim, mesmo sentindo nojo. E sentia nojo em parte porque gostava. Os peitos tinham crescido muito desde que engravidou; antes o tronco era quase reto, ainda chamava o que tinha ali de botõezinhos. E agora aqueles peitos, não só grandes, cheios de sangue, de leite, de estrias. Era estranho, mas esses peitos grandes pareciam trazer seu coração para bater mais perto, mais forte. Além disso ela não era muito de se ver nua, o espelho do banheiro só mostrava do pescoço para cima. Mas quando abaixava o sutiã para dar de mamar, podia vê-los, seus peitos grandes. Que eram então abocanhados pela menina. Entregava um mamilo a Alice, que o sugava avidamente, depois o outro, já desempenhando um pouco menos de vontade. Deu de mamar até um ano e pouco, até o leite secar. Seus peitos continuavam grandes, mas agora estavam murchos. Pareciam flores mortas.

3

Nasceu enorme, com 52 centímetros, era o que constava na carteirinha de vacinação. Tinha a cara amassada sobre si mesma, o corpo igualmente engelhado, e, dentro de suas dobras, uma pasta esbranquiçada. Quando a parteira entregou a menina em seus braços, Adelaide sentiu nojo. Aquela pasta branca que a envolvia tinha a mesma cor e a mesma consistência do que escorria da sua vagina para as calcinhas. Somente o cheiro era outro, pois Alice não cheirava mal – cheirava a sangue, naquela hora – e, em suas calcinhas, a pasta tinha um cheirinho azedo.

Não teve coragem de rejeitar a criança, ali, na frente de tanta gente – as cunhadas, a sogra e dona Eulália estavam todas ali, agora que a menina saíra. Esperaram ouvir o choro para entrar no quarto, a parteira tinha feito esse pedido e elas acataram, o choro era a campainha que as autorizava a entrada e elas obedeceram o sinal. No primeiro buá de Alice entraram as cinco, de modo que na frente delas Adelaide não conseguiu devolver a menina imediatamente. Retraiu os lábios e fingiu beijar a cabecinha cabeluda dela.

Ao tangenciar os seus limites, porém, a mãe foi atraída pela filha como se estivessem imantadas. Deixou-se encostar pelo bebê, as costas em suas mãos, os ombros em seu peito, e na sua boca a cabeça dela. Se desunisse os lábios, imaginou, afastando-os tanto fosse possível, conseguiria circundar-lhe o topo do crânio. A mãozinha dela agarrou-se à sua, segurando firme os dedos indicador e médio, e então a menina lhe olhou. Fez isso discretamente, como num sussurro, como se pedisse segredo à mãe, por favor, não conte a elas que lhe mostrei meus olhos. Adelaide obedeceu e ficou a olhá-la de volta, sem manifestar espanto.

Foi um instante em que o tempo não pareceu passar à maneira usual, como se Adelaide estivesse no infinito e de lá visse, muito pequeno, um corpo celeste a se distanciar abruptamente, a envelhecer enquanto se distanciava; e mesmo distante, ela pôde ver, naquele corpo que corria dela, ela pôde ver a si mesma fitando a menina, e a menina a fitá-la. Tentava alcançar o corpo quando a gravidade a derrubou no vazio. A cama aplacou sua queda: estava ali, deitada, com a menina no colo. Alice fez as pálpebras se reencontrarem e pareceu dormir de imediato.

— É uma menina – a parteira revelou aos presentes.

4

Suas primeiras memórias são de seu aniversário de cinco anos. Não se recorda do tempo que morou na casa dos avós. Sabe que nasceu ali porque o colchão do quarto em que dorme, quando lá eventualmente dorme, lhe contou: a cama é a mesma em que foi parida, e, acaso levante-se o lençol, ainda se vê a mancha escura do sangue que escorreu de dentro da mãe junto com ela.

A menina também não se lembra de Naninha, que, em 1989, foi morar no Rio de Janeiro com um rapaz que conheceu na fila da inauguração do Shopping Riomar. Ele tinha trabalhado naquela construção, disse a ela, e ela, curiosíssima, lhe deu trela. Apaixonaram-se. Duas semanas depois do encontro rumavam a terras cariocas. Desde então não ouviram mais falar na moça, os Vital.

Lembra-se desse aniversário de cinco anos pois nele se vestiu de tatu. Pois sim, vestida de tatu, é dessa maneira que ela se vê na lembrança mais antiga que guarda de si. Ganhou de dia das crianças um elepê com esse nome: Aniversário do Tatu. E teimou que sua festa tinha de ser o aniversário do tatu. Foi o que aconteceu. Alguns convidados chegavam e não entendiam.

— Tá vestida de quê?

— De tatu.

Ou supunham errado:

— Por que botaram a menina de jabuti?

E a família, meio envergonhada:

— É um tatu, ela queria que a festa fosse o aniversário do tatu, sabe, que nem o disco. Alice era bem miudinha. Tinha os olhos grandes, apenas, o resto, mãos, pernas, nariz, era tudo diminuto. "É magra como a mãe!", falavam, e ela ouvia aquilo incomodada. Não gostava que lhe comparassem à mãe. Não porque rejeitasse a semelhança, mas porque não gostava de se lembrar que apenas parecia, mas não era, a mãe. Queria ser a mãe e por isso vestia suas roupas, passava o seu blush, calçava seus sapatos. Caminhava pela casa daquele jeito até alguém vê-la e mandá-la tirar aquilo logo, antes que fizesse uma arte. E ela mais uma vez se incomodava; estava tão linda, por que ninguém a elogiava?

Por muito tempo sentiu-se um excerto da mulher que a pariu. Sentia uma incompletude que não sabia dizer incompletude, sentia um vazio que não resolvia senão no colo da mãe, aninhada, com os braços embrenhados sob os dela, a contornar o corpo da mulher. Confundia-se com ela. Às vezes dizia se chamar Adelaide. E que delícia era assumir a identidade da mãe quando um estranho perguntava seu nome. Mas sempre tinha alguém para corrigi-la: parece que ela queria ter o nome da mãe, o nome dela não é esse, diga seu nome pro moço!, insistiam. Então a menina chorava.

Por isso talvez tenha demorado a escrever. Recusava-se a apor no cabeçalho as cinco letras que a designavam. Copiava o A com primor, mas era só, dali não passava. As professoras acalmavam dona Adelaide: "ela é esperta, sabe ler desde o início do ano, e lê palavras enormes, a senhora precisa ver, só para escrever que tem mais dificuldade, mas se quiser a gente passa ela de ano".

Um dia chegou em casa uma correspondência para Adelaide. E a menina, como se fosse para ela, começou a rasgar o envelope. A mãe a interceptou no momento em que ela tirava de dentro um papel com coisas escritas.

— O que você está fazendo? – perguntou Adelaide, tomando-o da filha.

— Chegou uma carta e eu abri – disse Alice, estremecida pelo flagrante. Por fora, no entanto, disfarçava; ela respondeu sem hesitar. Controlava-se com firmeza para não expor à mãe um medo terrível que lhe tomou naquele instante.

— Não se mexe no que não é seu, Alice! Não se mexe no que não é seu! – Adelaide falava isso muito alto, muito vermelha, e, gesticulando com a carta na mão, abanava sem querer a cara da menina, prestes a cortar sua face com o papel.

— Se você fizer isso outra vez, você vai levar uma surra, tá ouvindo? – e a menina calada. — Tá ouvindo, Alice?

— Sim... posso ir?

— Vá, vá.

Foi para a cozinha e ficou de lá olhando para a mãe, que leu a carta sem expressar muita coisa, dobrou-a de volta e subiu para o quarto.

Gostava de olhar para a mãe à distância. Sabia que seria mandada para longe ao se aproximar, então se aproximava de propósito, para ser afastada. "Mamãe, você pode dormir na cama comigo? Mamãe, eu posso tomar banho com você?"

Adelaide tendia à recusa, não gostava de atender esses desejos, a não ser quando eles eram também seus.

Foi após a chegada dessa carta que Alice, com uns seis ou sete anos, finalmente começou a escrever o próprio nome. Foi após esse episódio também que ela passou a olhar para a mãe com mais medo do que encanto. A mãe nunca tinha lhe falado daquela maneira, tão ameaçadora. Não que fosse fraca; estava mais para um desinteresse. É isto: a mãe não se interessava pela menina. E essa distância que Adelaide mantinha da filha a atraía, era atraída pelo desafio de se aproximar. Talvez pela idade, não sentia desamor, ainda; não sentia abandono, ainda. Gostava que a mãe não lhe olhasse tanto – assim poderia observá-la mais sigilosamente, sem ser notada, sem ser impedida.

Quando enfim a viu perto, no entanto, a mãe pareceu-lhe deformada. "Então é assim o seu nariz?" – Alice pensava enquanto passeava pela memória daquele dia. "Que nariz feio, não combina com o resto." Porque apesar de desencantada Alice achava a mãe bonita. Não linda; bonita, de uma beleza distante. Bonita de não ter nada de feio chamando atenção. Até aquele dia, não imaginava que a mãe fosse capaz de agredi-la. Não se sentia – como dizer – não se sentia significante a ponto de despertar ira. A mãe não lhe era má, não a deixava passar fome, frio. Dava boa noite quando ia deitar, dava bom dia ao acordar. Mas não ia além do protocolo. E por ser protocolar seu comportamento, tampouco era intimidante. Até aquele dia, a partir do qual o nariz da mãe se deformou perante Alice. Não havia ali mais indiferença: havia raiva.

A raiva de sua mãe foi aos poucos a contagiando. Na sua escola, todos os dias, as professoras punham numa caderneta notas de lições variadas, ditado, tabuada etc. Alice ia bem em quase tudo, não era um gênio, mas as notas eram sempre azuis. Quando aparecia um número vermelho era no comportamento. Levou 3 – a média era 7 – levou 3 um dia em que cortou, com a tesoura que trazia no estojo, uma pequena mecha de cabelo de uma coleguinha. A menina tinha colocado os cabelos sobre a carteira dela e aquilo a incomodou.

— Você pediu pra ela tirar? – tentou compreender a professora.

— Não, eu cortei fora um pedaço pra ela aprender.

Quando ouviu grasnar a tesoura, Natália, era esse o nome da menina, subitamente entendeu o que tinha acontecido. Virou-se para trás a tempo de ver Alice afastando os fios de cima de sua mesa.

— Pirou? – gritou Natália, alisando os cabelos a procurar de onde tinha saído aquela mecha. — Você pirou? – mas Alice não respondia.

Só depois de ser levada para fora da sala e ficar um tempo em silêncio conseguiu explicar o que tinha acontecido. Por sorte o corte não se mostrou trágico, os cabelos de Natália eram fartos. Claro, a garota ficou magoada; achava que Alice era sua amiga, sentavam-se juntas desde o início do ano. Alice pediu desculpas, Natália as aceitou. Mas, dali em diante, ficaram separadas.

Outro dia a caderneta voltou com nota zero. Este era o procedimento para os alunos do ensino fundamental, ao chegarem à escola: primeiro iam para a sala de aula, colocavam a mochila nos lugares já determinados pelas professoras, e ficavam no pátio, brincando, até soar a sirene das sete horas.

Ao soar da sirene, os alunos, por ordem alfabética, formavam-se em fila, entoavam o hino nacional e seguiam para a classe. Pois que no segundo semestre entrou um aluno novo, Abner, que foi instruído a encabeçar a fila. Alice estava lá, em pé, já com uma das mãos sobre o peito, quando o menino chegou e se pôs à sua frente. Ela tocou-lhe o ombro com o indicador:

— Pois não?

E ele:

— Oi, bom dia, eu sou novato.

O hino começou a tocar e ele deu novamente as costas. Cantavam ainda o verso sobre o povo heroico quando Alice saiu da fila e se encaminhou sozinha para a sala de aula. A diretora, que nesse momento fiscalizava o canto, foi até ela.

— Pra onde você vai, menina? – numa voz absoluta.

Alice olhou para a senhora e lhe gritou de volta:

— Pra casa do caralho!

5

Quando perguntou a Alice o porquê daquela nota zero ela não quis contar. Ficou emudecida a tarde e a noite toda e acordou dizendo que tinha dor de cabeça. O pai não queria que ela ficasse em casa, mas a mãe permitiu; queria entender antes o que tinha acontecido. Veio, grampeado à caderneta, um bilhete pedindo aos pais que fossem encontrar a diretora, então foram.

Aliás, Adelaide foi, foi sozinha, João a deixou na porta e disse que voltava em 20 minutos, queria passar numa casa lotérica que tinha ali perto, chegaria depois. Então ela foi.

Encontrou Dona Ester e se assustou ao vê-la tão senhorinha. Tinha estudado, até engravidar, naquela mesma escola – era a mais tradicional em sua época, e continuava muito bem conceituada, foi natural que colocassem a menina lá. Encontrou Dona Ester, mas a lembrança que guardava era outra, por isso se assustou. Não aquela pele desarrumada, os cabelos saindo do coque, não aqueles movimentos lentos; lembrava-se de uma mulher de postura altiva, cujo corpo obedecia pleno aos seus comandos. Nada lhe escapava, antes; parecia estar envolta numa aura de laquê, não apenas a cabeça, era toda impassível. Agora parecia frágil, fragilzinha, com uma impavidez na voz que era mais fruto do uso do que recurso retórico. Não guardava em si intenção, foi o que sobressaiu a Adelaide, ao vê-la.

Dona Ester contou o que Alice fez, desrespeitou o hino, falou palavrão, a desafiou. Adelaide achou engraçado, um palavrão daquele saindo de uma boca tão pequena, nem sabia que a menina conhecia a expressão. Claro, não disse isso para a diretora, apenas aquiesceu, disse que conversaria com a filha, que aquilo era inadmissível, que não se repetiria, todas essas frases que mães dizem a diretoras quando são chamadas para falar sobre seus filhos.

A conversa foi rápida e ela ainda ficou uns cinco minutos na porta esperando João voltar. Disse a ele mais ou menos o que a diretora lhe contou, só não disse do palavrão, porque ele poderia bater na menina, parecia-lhe exagero bater na menina por conta de uma pequeneza daquela, de sete letrinhas. Contou só que ela tinha ficado chateada com um menino novato – que inclusive era sobrinho de uma conhecida, Daise, "ele é filho da irmã dela, lembra de Daise, João?" – e que por causa desse menino ela tinha saído da fila na hora do hino nacional.

Ele não pediu mais explicações e nem ela as deu. Voltaram para casa e foram conversar com Alice, que estava vendo televisão na sala. Deixaram ela de castigo, televisão só de noite por essa semana, e se ela não se comportasse, o castigo valeria por um mês inteiro. Ela não reagiu mal, "certo", disse, desligou o aparelho e foi para o quarto. Quando Adelaide passou pela porta, ela estava deitada na cama, com o rosto voltado para a parede, por isso não viu se chorava. Mas devia chorar, pois é assim que fazia para chorar, virava-se para que não vissem que ela chorava.

João odiava que ela chorasse. Quando nasceu era muito chorona – como são todos os bebês – e ele não suportava. Às vezes saía de casa de madrugada para caminhar, não aguentava ficar ali com o choro da menina no pé do ouvido. Quando ela foi crescendo, ele passou a ameaçá-la, engula o choro, engula ou você apanha. E ela aprendeu a engolir. Quando está se segurando para não chorar, o queixo enruga e os olhos arregalam, é essa a cara de choro de Alice, a cara de um choro que não arrebenta.

Adelaide também desaprendeu a chorar por causa de João. Ele a ensinou a não chorar, exigiu que não chorasse, falou que guardasse o choro para momentos verdadeiramente tristes, chorar por bobagem era coisa de histérica, coisa e tal. Quando perceber o impulso subindo pelo peito, Adê, pressione a língua contra o palato, é tiro e queda. A lição foi efetiva, ela deixou de derramar lágrimas por qualquer coisa, nem com novela chora mais. Reserva-se para solenidades. No começo do casamento chorava achando que ele iria abandoná-la, que ele tinha outra, chorava quando ele falava mal da sua comida, chorava quando ele saía de casa sem desejar bom dia, tudo isso a deixava escandalosamente chorosa. Não triste, chorosa.

Mas foi se acostumando. De um lado porque aprendeu a fazer muita coisa de que João gostava e com isso ele passou a reclamar menos; de outro, foi criando casca, foi aprendendo a ignorar o que a incomodava. Via as palavras saírem daquela boca – boca que molha tudo que está por perto enquanto fala –, via as palavras dele entrarem por um ouvido e saírem pelo outro, seguirem para a janela e então irem para fora, seguindo pela rua, levadas pelo vento que corre entre as casas, e então subirem até uma altura de perder de vista, e serem abocanhadas pelo céu negro da noite. Ou então, enquanto ele falava, ela o xingava mentalmente, se ele reclamava ou falava sobre qualquer blá-blá-blá que não a interessasse, ela respondia a-ham, a-ham, fingindo-se atenta, enquanto por dentro o xingava de tudo quanto era nome.

Pra casa do caralho você também, João, ela pensou.

6

Com doze anos Alice pediu à mãe para alisar os cabelos. Tinha os cabelos cacheados e volumosos como os de Adelaide, que não eram alisados mas viviam presos. E Alice não queria em si aqueles cabelos volumosos; queria que eles fossem contidos, que lhe obedecessem. Mas a mãe não deixou. Disse que os cabelos da menina só não eram tão bonitos porque eram mal cuidados, porque Alice não lavava, não penteava nem secava direito os cabelos, e por isso aquele ninho de morcegos – palavras de Adelaide – se criava sobre a cabeça dela. Que ela aprendesse a se cuidar primeiro. E se depois de se cuidar, mesmo assim continuasse sem gostar dos cabelos, ela pensaria no caso da filha.

Desejou a morte da mãe, depois de ela lhe ter negado a beleza. Não bastava ter herdado dela os cabelos disformes, ainda precisava dela para se desfazer deles. Não tinha saída, a mãe precisa morrer, megera, estúpida, escrota, eu te odeio, que morra, eu quero que você morra, Alice pensava, deitada na cama, enquanto chorava. Invejava as outras mães que via por aí. Invejava mesmo, queria substituir a sua por elas, queria que as amigas fossem filhas de sua mãe para que parassem de achar exageradas as reclamações de Alice e sentissem na pele a desgraça que era conviver com aquela mulher sem amor.

Certo dia a menina, era pequena ainda, andava de patins na calçada de casa. As calçadas da rua Porto da

Folha eram desniveladas, havia sempre um degrau onde não devia, um pedaço de cerâmica apontando para cima em vez de estar assentado, e era ali que ela patinava, com o presente de dia das crianças que ganhou do pai. Adelaide foi à porta e falou:

— Alice, tome cuidado com isso! – e voltou para dentro, depois saiu outra vez. — Já tá bom de ficar pela rua, não é? Desse jeito você vai se machucar. Eu preciso de ajuda na cozinha, por que não vem ajudar sua mãe? – disse, sem precisar, na verdade, de ajuda alguma, apenas temia que a menina se acidentasse; da terceira vez que foi à rua, foi porque ouviu um barulho, e já saiu de casa gritando: — Alice! Eu não avisei, Alice?

Tinha se machucado feio no joelho. O sangue escorria pelas pernas finas e pintava o chão da vizinha, que já tinha ido acudi-la.

— Talvez ela precise tomar ponto, Adê.

— Ela precisa é tomar uma coça, eu falei que era pra ter cuidado, sabia que isso ia acontecer, não sei por que João deu esses patins a essa menina, na verdade eu sei, é porque não é ele quem cuida, porque não é ele quem precisa lavar as roupas imundas que ela leva pra casa depois de ficar pra lá e pra cá na rua, venha, venha tomar um banho.

— Mas eu não sei se consigo andar, mãe.

— Me poupe, me poupe, foi só uma quedinha, levante.

De fato a menina se levantou e viu que conseguia ficar de pé. Mas o corpo lhe doía, sobretudo os cotovelos e a bunda. O joelho não doía; só ardia.

— Espere aí fora que vou pegar um pano pra amarrar no seu joelho, senão você vai sujar a casa toda de sangue – avisou a mãe.

Enquanto esperava, Alice ficou olhando para o joelho. O sangue era de um vermelho quase negro e saía espesso pela fenda que o degrau da calçada da vizinha abriu nela. Ao redor do corte, a pele estava toda ralada, embolada sobre si, recheada da sujeira da rua. Sentiu vontade de provar da ferida. Qual era o gosto de seu sangue? E o gosto de sua pele? Então a mãe chegou com o pano para estancar a ferida.

Tirou a roupa, desatou o pano de seu joelho e entrou para o banho. Não era tão profundo, o corte, antisséptico e curativo resolveriam. Depois do banho a mãe passou rifocina sobre o machucado e entregou à menina o band-aid:

— Deixe bem apertado, pra fechar mais rápido, senão acontece o que aconteceu comigo, veja – e mostrou uma cicatriz que tinha no joelho direito, mais ou menos na mesma altura do corte que agora Alice tinha em si.

— O que foi isso?

— Uma queda que levei no banheiro quando era pequena.

— E ficou com essa marca para sempre?

— Bom, tá aqui até hoje, deveria ter apertado mais o curativo, eu acho, por isso aperte bem o seu, isso ajuda a cicatrizar.

Não tinha certeza se queria aceitar aquela recomendação. Há algum charme em conservar no corpo cicatrizes. Uma menina de sua escola não tinha um pedaço da sobrancelha e aquilo hora ou outra virava assunto. Chegava um desavisado a perguntar por que a garota tinha aquela sobrancelha incompleta e ela dizia orgulhosa – parecia estar, ao menos – dizia orgulhosa que sofreu um acidente, que quase ficou cega, e aquele era um lembrete de sua sobrevivência. Como Alice invejava aquela história; e agora ela finalmente teria a marca de um acidente em si, também. Por isso não apertou o curativo com tanta força sobre o joelho.

— Como foi essa queda, mamãe? – perguntou.

— Eu escorreguei e caí.

— Doeu muito?

— Não lembro mais, deve ter doído, por quê?

— Porque eu não senti dor no joelho, eu senti só arder.

— Arder?

— Sim, era como se o sangue estivesse queimando minha pele.

— E agora, ainda arde?

— Não, passou, agora só dói a minha bunda.

— É bom que doa, pra você aprender, você tem que aprender a ouvir sua mãe.

Enquanto falava, o olhar com que Adelaide a encarava não tinha qualquer brilho; era opacamente desafiador, como se a chamasse para a briga, como se estivesse a esperar pelo ataque da menina e quisesse mostrar que sabia – sabia que a menina estava prestes a dar o bote – e que, se fosse preciso, estava pronta para revidar.

Para Alice, sua mãe não a amava. Não podia contar com ela para cortar a carne de seu prato nem para lhe desembaraçar os cabelos. A mãe ficava abusada quando ela pedia qualquer favor singelo:

— Por que você mesma não faz?

— Porque eu não consigo.

— Já tentou, por acaso?

— Não, eu não consigo nem tentar.

— Você não pode dizer que não consegue antes de tentar.

— Mas eu já *tentei tentar*!

O embate que travavam era mais ou menos assim, ante as menores trivialidades.

Tampouco ouvia elogios da mãe. Ao contrário, quando a recebiam, as mães das amigas sempre a elogiavam: que olhos lindos você tem, menina! Que corpinho mais bonito!, entre outras coisas assim. Ou perguntavam o que ela gostava de comer, como ela amava quando perguntavam o que ela gostava de comer, em sua casa nunca se consideravam as preferências de Alice, perguntavam e ela dizia: eu gosto muito de cachorro-quente, e a mãe da amiga fazia cachorro-quente. Já sua mãe fazia sopa quase todas as noites, mesmo ela detestando sopa. A sopa esfriando no prato, para Alice, era a prova de que sua mãe não a amava.

A não ser – a não ser quando, como agora, Adelaide a fitava com sua opacidade. Nesses momentos, sentia a vida deixando de haver-se; não a sua, mas todo o resto, toda a vida lá fora. Ela parecia capturar atrás da sua retina o tempo e deixá-lo em suspenso. E então, por aquele instante, só havia as duas no mundo, ligadas pela linha que escapava do olhar da mãe e encontrava destino no olhar da filha. Era em momentos como esse que Alice enfim se achava especial. Porque não era mais ela, nem era a mãe, eram as duas, juntas, existindo; pegava emprestado os olhos da mãe e em troca dava a ela seu sangue para lhe preencher as veias saltadas. Sentia o sangue correr por dentro da mãe e se encontrar com o dela, e se misturar com o dela, a ponto de a fusão comichar seus próprios braços. Também via o que a mãe enxergava, como um espelho; sim, como se a mãe fosse um espelho, via a própria imagem à sua frente. E saindo daqueles olhos que eram agora seus, o fio do tempo alcançando a si. Até que Adelaide, enfim, pisca.

7

Menstruou em 13 de agosto de 1999. Quando acordou e foi ao banheiro fazer xixi, viu a calcinha suja. Não achou que tivesse feito cocô nas calças – algumas amigas disseram que fora assim com elas, mas com Alice, não. Era marrom, mas não parecia cocô e nem fedia feito cocô. Não sei como alguém acha que isso pode ser cocô ou como não percebe se faz cocô nas calças ou algo do tipo, pensou a menina.

Que coincidência, também tinha treze anos quando minhas regras desceram pela primeira vez, comentou a mãe quando Alice contou a novidade. Deu a ela um absorvente e perguntou, já pressupondo uma negativa – na verdade, só perguntou porque assim supunha, ou nem ofereceria – perguntou se a menina precisava de ajuda. Respondeu que não, achava que conseguia administrar aquilo sozinha, e realmente conseguiu. Não era muito difícil, só meio desconfortável, concluiu.

Pediu à mãe que não contasse ao pai sobre o que tinha acontecido e ela disse que tudo bem. Mas acabou falando. Alice percebeu na hora do jantar o pai a olhar para ela com uma cara diferente, como se quisesse falar alguma coisa e não soubesse como. Sabia o que aquilo significava, mas enquanto ele ficasse em silêncio, enquanto ele apenas olhasse para ela com desconfiança, sem colocar o assunto em pauta, ela fingiria não perceber o seu desconforto. João não conseguiu durar muito sem falar nada:

— Quando a gente vai crescendo, Alice, a gente precisa se cuidar. Você sabe disso, não sabe?

Ela olhou para o pai, balançou a cabeça e só. De fato, não tinha certeza sobre o que ele falava. João tinha essas obliquidades, seu pensamento por vezes funcionava assim, em frases sugestivas, cujo início e cujo fim não eram formulados. Se existiam, não eram confessos. Se Alice lhe pedia explicações, ela percebeu, João tomava a questão como ofensa; a dúvida escancarava sua inépcia. Por isso também preferia não render conversa.

A mãe estava impassível como de costume, cortava um bife com elegância, a faca na mão direita, o garfo na esquerda, e não repreendeu o comentário do marido, tampouco tentou justificar à filha, que se acastelara em taciturnidade ao chegar à mesa, não tentou justificar por que revelou o segredo. Se ela já tinha uma personalidade anêmica, agora, a perder ferro todo mês, vai parecer ainda mais desmilinguida, era a preocupação de Adelaide enquanto jantavam. Alice, por outro lado, estava preocupada pois odiava ser chamada de mocinha. E sabia que todos a chamariam de mocinha dali em diante.

parte dois

8

Estavam em crise. Era isso que diziam aos conhecidos, quando perguntavam como iam. Há uns meses dormiam em quartos separados, João no de visitas, como é de qualquer casal em crise. Logo passa, rebatiam, sem saber o que de fato se passava dentro do número 1455 da rua Porto da Folha.

Havia já mais de quinze anos que estavam casados. Quinze anos de uma vida mesquinha, insípida, com uma ou outra alegria, quando dava na telha de João por exemplo chamar a esposa para jantar fora. O que acontecia normalmente depois de ele chegar tarde na noite anterior e provocar alguma briga pelo cheiro de bebida ruim e perfume doce que exalava de seu corpo, com o qual deitava, ainda sujo, na cama. Saírem juntos para jantar: era esse o ponto alto do relacionamento.

Nessas ocasiões, Adelaide arrumava-se como se fosse a um primeiro encontro, era assim que imaginava os primeiros encontros quando ouvia falar deles: envolvido por uma atmosfera enigmática, essa roupa provoca sem revelar demais?, é frio na barriga ou disenteria?, entre outras dúvidas. Ela nunca tinha tido um primeiro encontro – quando teve um encontro, já foi o segundo, não havia a mesma expectativa, já conhecia o rapaz quando ele a chamou para sair, e ele já vira o seu melhor vestido e o seu melhor penteado, não tinha mais com o que surpreendê-lo – nunca tinha ido a um primeiro encontro e era portanto nesses jantares, anos depois, onde desaguava suas expectativas.

Ficava nervosa de verdade, atenta aos sons que vinham da rua, vigilante, esperando o marido buzinar. Ele, agora gerente, não tinha horário certo para chegar, qualquer coisa entre 18h30 e 20h30 era possível, então ela procurava se aprontar cedo para não correr o risco de ele chegar e ela não estar pronta, o que decerto minaria o compromisso, ele detestava esperar. Adelaide correspondia. Não demorava se emperequetando, era ligeira, fazia tudo ligeiro – comida, visita, amor – sentindo uma urgência de terminar, estava sempre ansiosa para terminar de fazer o que precisava ser feito, então fazia tudo com ligeireza. Muitas vezes às 18h já estava pronta, era sua vez de esperar dar a hora, e ao mesmo tempo que ela ansiava a demora, a demora do tempo acontecer, gostava de estar livre de obrigações. E gostava principalmente de estar pronta. Não só se sentia: sabia estar pronta. Para alguma coisa, estava pronta.

Às 18h45 o ouviu buzinar e saiu à porta, acenando.

— Alice, estou saindo com seu pai, juízo!

E a menina, do seu quarto:

— Bom jantar!

Que cena mais ridícula, pensava, enquanto via pela janela a mãe entrar no carro. Isso sempre acontecia depois de noites como aquela do dia anterior. Pelo barulho das chaves na fechadura já sabia se o pai tinha bebido muito ou pouco. E naquela noite ele tinha bebido muito. Ouviu-o perambular pela casa, tirar os sapatos, cantarolar errado alguma música e fechar a porta do quarto. Alguns minutos depois, a confusão, que a menina já esperava. Ela tentava não entender o que diziam, forçava os ouvidos a se fecharem. Das primeiras vezes, não, das primeiras vezes colocou os ouvidos na parede, queria saber pelo que discutiam. Aparentemente o pai estava sujo e fedia e a mãe dizia para ele ir tomar banho, e ele mandava ela se foder, se estava achando ruim que saísse da cama, cama que era dele, porque ele que pagou.

— Odeio essa cama! Odeio essa casa! Eu odeio sua cara, eu odeio você!

— Então estamos quites, vagabunda, eu odeio a sua xoxota azeda.

Eram assim as brigas nas noites em que o pai destrancava a fechadura daquele jeito. Uma vez ela interveio: bateu à porta ao ouvir a mãe gritar mais alto do que de costume.

— Abram! Papai, mamãe! Por favor, parem com isso!

O pai abriu. Tinha a cara disforme, aumentada pelo álcool, mas, com uma voz surpreendentemente sóbria, ordenou que ela voltasse para o quarto, deitasse e dormisse. Não lhe deu explicações. Ela obedeceu, mas não conseguiu dormir. Percebia que continuavam a falar, os pais, mas agora mantinham-se num volume mais baixo, escapava do quarto um ou outro guincho, nada além. A menina fechou os olhos e se viu lá dentro, sobre a cama, no lugar de Adelaide. O pai falava qualquer coisa ininteligível e de sua boca escapavam perdigotos corrosivos. Eles pingavam sobre o lençol e, onde o atingiam, abriam-se buracos em brasa. Havia muitos buracos ao seu redor, cada vez mais próximos a si. Ela, aninhada à cabeceira, tentava se afastar do ataque. Até que, enfim, Alice adormeceu.

45

Repetiam-se com certa frequência esses episódios. Então, ao ver a ceninha pela janela, os dois fazendo o casal felizinho que vai jantar fora durante a semana, Alice engulhava. Como também engulhava quando, nas reuniões de família, parabenizavam seus pais. Vocês fizeram um bom trabalho com essa mocinha, elogiavam, tão educada! Mas Alice não era educada; ela era apenas calada. Os pais não tinham tido trabalho nenhum senão o de fazê-la ficar em silêncio tanto quanto fosse possível.

— Filha, agora não é hora de conversa, a gente tá vendo o jornal – diziam quando ela tentava engatar algum tópico na mesa do jantar. — Shhh, assim não ouço o telefone, abaixe esse volume – a mãe lhe reclamava.

Como amavam seu silêncio, os pais e os demais adultos da família. A menina detestava aquele rótulo, mas, quanto mais o rejeitava, menos tinha para dizer – e em mais silêncio se fechava.

Mal Adelaide abriu a porta do carro, João a olhou de cima a baixo e perguntou sorrindo, como se fizesse graça, quanto ela cobraria pela noite. A mulher não entendeu e lhe perguntou o que ele queria dizer com aquilo.

— Tá parecendo uma putinha com essa roupa, os peitos já saindo por cima, a bunda quase mostrando por baixo.

— Não gostou? Eu tenho esse vestido há anos, João, você nunca reclamou.

— Duvido que ficasse desse jeito, eu teria reparado, você deve ter dado uma engordada, agora tá impossível não reparar nesses peitos, nessas coxas – ela estava prestes a retrucar, quando ele continuou. — Você fez isso de propósito, não fez? Pra me atiçar?

Ora, Adelaide gostou da atenção do marido. Não que desse a mínima para o que ele achava da roupa, mas porque ele não era de comentar trivialidades, se ele falou aquilo é porque viu algo diferente nela. Então o sutiã novo, comprado de uma vizinha que vendia produtos de catálogo, cumpriu a promessa, arrebitou seus maracujás. Passou a tarde procurando algo que a valorizasse, que disfarçasse as canelas finas e os quadris estreitos que a faziam se sentir infantilizada. Queria ser elogiada, se era ele quem estava ali para elogiá-la, paciência, ainda que ele não conseguisse retribuir sua dedicação com gentileza, afinal era de sua natureza a insolência, ela adorou, enfim, a reação. Esperava que o restaurante estivesse cheio, que todos a vissem arrumada, como quase nunca se apresentava, só em encontros como aqueles, raros jantares em dia de semana, depois de um belo arranca-rabo.

— Você quer que eu me troque ou o quê? – perguntou, fingindo-se sentida com os modos do marido e dando a ele, portanto, oportunidade para continuar os elogios.

— Não, vamos, já é tarde. Cuidado com o jeito que senta ou todo mundo vai ver o que você guarda aí entre as pernas.

A noite foi agradável nas primeiras horas. Adelaide estava se sentindo gostosa. E era difícil para alguém sem ancas como ela se sentir gostosa. Desejava-se imaginando o marido – e o garçom, e o vizinho de mesa – a apertar a pouca carne que reunia sobre o esqueleto. Foi ao banheiro duas vezes apenas para se olhar no espelho, puxar para cima os seios – primeiro o esquerdo com a mão direita, depois o direito com a mão esquerda – e molhar a nuca, que suava.

Na mesa, insinuava para João o decote – singelo, coitada, mas para ela aquilo era um escândalo, uma ousadia –, insinuava-se enquanto ele mal parava nela com as vistas. Em vez disso distraía os olhos e as mãos com o paliteiro que havia sobre a mesa. Pegava um palito e o quebrava no meio, e cada metade em duas, e dessas nasciam quatro, até que as divisões ficavam inviáveis e ele pegava outro palito.

— Quer comer algo especial hoje? – ela perguntou depois de ensaiar mentalmente – e de ensaiar no espelho do banheiro, afinal também tinha feito isso no banheiro, ensaiado aquela fala sugestiva –, perguntou com um olhar de sede, era essa a imagem que procurava imprimir.

— Nós não já pedimos, Adê?

Que ridícula, pensou, mas que mulher ridícula eu sou. Essa roupa, essa fala, esse jantar, quanta miséria. Comeu como a mulher miserável que era: pouco, mais da metade ficou no prato, metade que o marido, ao perceber que ela deixaria, perguntou:

— Não vai comer?

— Perdi a fome.

— É por isso que não gosto de sair para jantar com você, Adelaide, é sempre um desperdício.

9

Nos últimos anos, João estava sempre fora de casa. Fosse farreando, fosse trabalhando. Depois que o pai dele se aposentou, no final dos anos 90, ele lhe tomou o posto. E então a dinâmica da casa, já capenga, piorou para Adelaide. Agora, o marido vivia viajando para o Rio de Janeiro, onde estavam os grandes fornecedores nacionais da indústria têxtil. Ela ficou bastante solitária, mais do que antes.

A companhia da filha não fazia muita diferença, a menina era soturna, mal se fazia lembrar ali dentro. Não tinham muito assunto e se comunicavam basicamente através de gestos. Bastava que a mãe apontasse a janela para Alice entender que era hora de dormir, que revirasse os olhos para a menina mastigar mais discretamente. De modo que quando o marido viajava e ela deixava de se ocupar preparando a casa para recebê-lo – os móveis lustrosos, as camisas passadas –, ela não tinha nada o que fazer.

Quando ele voltava, ela esperava alguma lembrança do marido, e ele sempre esquecia. Na verdade, não; não esquecia, pois esquecer pressupõe um compromisso, que João não firmara. Simplesmente não pensava em trazer nada à esposa, para quê? Quando ela perguntava, curiosa e iludida:

— O que trouxe do Rio? – e ele, sem ao menos compreender que ela se referia a um presentinho, respondia:

— Experiência. – Ou melhor: — Ixpeariêncian – pois assim que chegava trazia na boca um vulgar e artificial sotaque carioca.

E ela se desiludia temporariamente, até a próxima ida e volta. Teimava consigo que o marido uma hora a entenderia. Desejava um bracelete, um par de brincos, qualquer coisa que tivesse feito ele se lembrar dela; mas se ele ia ao Rio justamente feliz por poder esquecê-la durante alguns dias, essa esperança era inócua.

Uma vez ele chegou com um embrulho e ela se animou. Deixou-o em cima da mesa da sala, sem fazer qualquer comentário, ela também não perguntou a que se referia aquilo. Num momento, sem que ele visse, foi curiar. Pegou, percebeu que era algo pesado. Seria um frasco de perfume? Ou dois frascos, pelo peso. Talvez um para ela e outro para Alice? Provavelmente. João tinha chegado durante a madrugada e, no jantar, ainda não lhes tinha entregado nada. Até que ela não se aguentou:

— O que é que tem nessa embalagem, amor? – *amor*, até estranho verbalizar, raramente o chamava de amor. Ele pegou e abriu: era um uísque que tinha ganhado numa reunião.

— Você prepara pra mim?

Era um Chivas – que ele nunca tinha coragem de comprar. Quando acabou, não jogou fora a garrafa, comprava Ballantine's e transpunha para a garrafa boa, a que ganhou do fornecedor carioca. Pouco uísque e muito gelo, era assim que ele gostava, ralo como suas excreções. E ela preparava como ele lhe pedia.

Até que – até que deixou de preparar, depois de uma briga qualquer, igual a outras, com gritaria, choro e silêncio. De manhã ele saiu para trabalhar e ela para ir à feira. Voltou com cenouras, tomates e um jogo de lençol de solteiro. Lavou e estendeu no quintal as peças; ao fim da tarde ela já as passava a ferro. Forrou com o jogo novo a cama que tinha no quarto de hóspedes e lá colocou o travesseiro e o pijama de João. Depois do jantar, subiu para o quarto dela e se trancou, sozinha. Ele, quando viu, não disse nada. Gostou, na verdade, de ela ter tomado aquela providência. Era o que ele queria e não tinha coragem de fazer.

10

O primeiro beijo de Alice foi com um vizinho, aos doze, brincando de verdade ou consequência. Foi nesse mesmo dia que ela quis alisar os cabelos. Estavam oito ou nove crianças em roda, a garrafa parou apontada para Alice.

— Verdade ou consequência? — lhe perguntaram.

Ela escolheu consequência. Sempre que podia, escolhia consequência; queria ser desafiada a fazer estripulias, ter uma desculpa para exceder a mediatriz por onde costumava seguir.

— Você vai ter que fechar os olhos e beijar a primeira pessoa em quem você encostar!, comandaram.

— Tudo bem.

Não fechou completamente os olhos. Uma abertura fina, imperceptível para quem a encarava, mas suficiente para vislumbrar os pés e as bermudas de quem corria ao seu redor, a auxiliava. Esperou estar próxima a Bolívar, o menino que achava mais bonitinho, para abanar os braços e tentar lhe tocar. Mas o beijo acabou sendo em Júlio César, que na hora, sem ela reparar, passava correndo ao seu lado.

Foi um beijinho de nada, tocaram os lábios por milésimos de segundos, mas criança é barulhenta, oito ou nove crianças são muito barulhentas, e daquilo fizeram um escarcéu. Júlio e Alice se beijaram! Júlio e Alice se beijaram! Ele esfregou o antebraço na boca e falou que já tinha recebido beijos melhores. Mentira, evidentemente nunca beijou na boca, um guri de onze anos, mas achava que assim deveria se comportar: meninos têm asco de meninas, era o pouco que ele sabia da vida. Alice não ligou para aquilo, não sentiu nada em absoluto, não ouviu tilintarem os sinos como imaginou que ouviria, nem o coração bateu com mais força do que batia quando estava a – quando estava mesmo a escovar os dentes, tamanha a impassibilidade.

Não era muito romântica. Fantasiava compulsoriamente sobre alguns garotos, mais para ter assunto, passar o tempo, do que por desejo. Acho que estou gostando de fulano, ontem sonhei com sicrano, mentia às colegas. Achava que seria para sempre – na medida possível do eterno que se tem quando é criança – para sempre solteira, como a irmã de seu pai, tia Eunice, que parecia ser muito mais contente e realizada do que os outros parentes sectários do matrimônio. Ela que era feliz, tia Eunice, não tinha ninguém para reclamar de sua comida, ninguém a quem agradar todo dia, ninguém para fazê-la chorar.

Teve uma coisa, no entanto, que abalou Alice. Ao fim da brincadeira, ela ouviu Bolívar cochichar para Júlio César:

— Cuidado para não virar lobisomem, depois do beijo dessa cabeluda! – e se despediu, rindo.

Ela quis questioná-lo, mas não conseguiu, afinal ele não tinha falado nada para ela, se tivesse falado com ela, ele iria ver, mas falou com Júlio César e falou baixinho para ninguém ouvir, ela que, arrebatada pela curiosidade, tinha ficado prestando atenção aos dois e ouviu aquele cochicho. Por isso não falou nada. Foi para casa, muito triste.

Olhava triste para o espelho, os cabelos emoldurando largamente o rosto fino, os cachos meio indefinidos caindo da cabeça sobre os ombros até o meio das costas. Não tinha olhado para si com aqueles olhos de desprezo, até agora. Mas decerto porque nunca olhou de verdade para a feiura daqueles fios. São feios, não são? Ao sugerir à mãe que fossem alisados, confirmou, eram feíssimos. Precisava contê-los antes que a sufocassem, mas a mãe desautorizou qualquer procedimento. Como a odeio, odeio essa mulher tanto quanto odeio esses cabelos que ela me deu, foi o que Alice sentiu.

Júlio César veio a ser o seu namorado, certo tempo depois. Depois daquele beijo, foi natural que se formasse entre eles uma atmosfera tensa sempre que se encontravam. E ela foi nutrindo algum sentimento por ele, e ele por ela. Aquele amor que nasce do que se reprime, da negação de que há qualquer coisa a semear. E quando se percebe não é mais broto, é já um amor enraizado. Um amor singelo e impuro, contaminado de tudo com que o amor há de se contaminar, raiva, dúvida, estranheza e mistério.

A balbúrdia que a garotada fazia quando os via lado a lado adiou a relação por muito tempo, eles não gostavam do que sugeriam e revidavam fingindo-se distantes, magoados pela exposição do que nem sabiam sentir. Alice chegou a beijar outros carinhas, e com alguns deles achou até mais gostoso, mas isso não a impedia de vez ou outra pensar em Júlio César quando deitava para dormir. Morando na mesma rua, era comum que se encontrassem, fosse por acaso, fosse encontro marcado; e, com o passar das circunstâncias, iam entendendo-se apaixonados. Cerca de cinco anos após aquele primeiro beijo, estavam oficialmente juntos.

Era um rapaz – um rapaz que se pode dizer bom. Não tão bonito quanto Bolívar, isso é fato, mas também não era feio. Gostava mesmo de Alice e não tinha vergonha de admirá-la em voz alta. Quando viam jornal e ela opinava sobre as notícias ele elogiava sua eloquência:

— Você deveria ser jornalista, Lili, já pensou, sentar aí nessa bancada?

— Deus me livre de aparecer na televisão, eu morreria de vergonha, eu vou ser advogada.

No geral eram felizes. Claro, ninguém está imune à desgraça, de vez em quando brigavam por ciúmes. Alice detestava que o namorado tivesse tantos amigos. Ela, que não era dada a muitas amizades, não via por que cultivar relações com outras pessoas para além do namoro e da família. Não havia por que ele dar sua atenção a outras pessoas se ela estava ali, disposta a ouvi-lo. Ainda que nem sempre o ouvisse com interesse, ora, tantas coisas desinteressantes que ele lhe falava, mas ela estava ali, ainda assim, não estava? Ele, pelo menos quanto a isso, era categórico. Dizia que era importante manter aquelas relações, que gostava dos amigos e não tinha intenção de abandoná-los. Que era importante para o casal que eles dois tivessem contato com outras pessoas; assim teriam o que conversar. Eram essas amizades, afinal, as fontes das novidades, das fofoquinhas que ele a confidenciava. Isso a convencia por um instante; se não assentia, fazia ao menos com que se calasse.

Mas ficar calada não significava para Alice a inércia. Ela agia de maneira tremendamente obtusa. Para

55

impedi-lo de sair, inventava, por exemplo, uma tristeza súbita, uma necessidade absoluta de companhia, bem nos dias em que ele jogava futebol de salão. Ligou para a casa dele:

— Julinho tá aí, Dona Anete? Certo, obrigada. Alô, oi, eu só queria ouvir sua voz, quem sabe pela última vez.

— Que história é essa, Alice?

— E se eu morrer essa noite? Já pensou?

— Por que isso agora?

— Não sei, de repente senti um mal-estar, um pressentimento ruim, fiquei tão triste, queria ouvir sua voz, tem dias que só você consegue me animar.

— Poxa, Lili, eu estava saindo agorinha para o futsal, se não fosse isso passaria em sua casa.

— Ah, que pena, tudo bem, Julinho, bom jogo, mande lembranças ao pessoal.

— Não, espere, eu vou aí um instante, passo aí e depois vou para a quadra – e desligou.

Uma vez que estava na casa dela, era difícil escapar. Ela se fazia de dengosa e ele se sentia mal por abandoná-la. Só hoje, Julinho, você joga toda semana, hoje não pode ficar aqui comigo?, com a cara mais sonsa do mundo. De vez em quando fazia essas armadas – e pior que, em todas, ele caía. *Julinho* era sacanagem.

Ela não fazia por mal. É que, quando pensava em Júlio sem ela ao seu lado, o corpo reagia imediatamente com espasmos, náuseas e dores; a coação era, portanto, questão de saúde, sua tática de sobrevivência.

— Você tem mesmo que ser advogada — Adelaide dizia ao ouvir as justificativas da menina. — Nunca vi alguém acreditar tanto na própria mentira.

— Não é como se ele fosse o namorado perfeito, mamãe, ele também tem suas questões.

— Que questões?

— Por exemplo, você sabia que ele morre de ciúmes de Paulão?

O padeiro. Júlio César era pouco mais novo que Alice, menos de um ano, mas o bastante para que se sentisse ameaçado por outros homens mais velhos. Tinha uma irracional — palavra dela — irracional desconfiança pelo padeiro da mercearia que ficava na esquina, achava que ele a paquerava, por isso sempre que podia ele ia com Alice à padaria. Quando se dirigia a ela:

— Boa noite, Alicinha, vai querer o quê? — ele fazia questão de responder:

— São seis pães franceses, por gentileza — ele dizia. Tinha ciúmes, mas era educado. Alice então corrigia, ao ouvido do rapaz:

— Hoje só preciso de cinco — e então ele:

— Aliás, hoje só preciso de cinco, obrigado — e quando saíam:

— Viu o jeito que ele olhou pra você?

— Vi, meu amor, me olhou com os olhos, que coisa mais absurda.

— Ele olhou pra você de cima a baixo, Lili.

— Eu acho que hoje ele olhou de baixo pra cima, não foi não?

— Alice, Alice!
— O quê?
— Amo você, sua desaforada.
— Eu amo mais esse pão quentinho – assentiu, rindo com a boca cheia.

— Homem é pura vaidade, filha, homem é pura vaidade – foi o que Adelaide respondeu sem maiores explicações, já subindo para o quarto. Ela não achava o namorado vaidoso; ele era, ao contrário, bastante gentil ao acatar as sugestões que ela dava.

— Vamos ao cinema hoje? – perguntava, e por mais que não estivesse a fim, estava na cara, não podia fazer essa desfeita.

— Claro, eu faço tudo por você, meu denguinho.

— Por favor, Júlio, você sabe que eu detesto esses apelidos.

— Meu dengão?!

— Basta, Júlio, basta, meu nome é Alice, me chame de Alice, tudo bem?

— Tudo bem, não precisa se irritar.

— Eu não estou irritada, agora querer ser chamada pelo nome é estar irritada?

— Fale baixo, Alice, as pessoas estão olhando.

— Que olhem, bando de fofoqueiros.

Ele era, portanto, no geral, compreensivo. Se fosse para apontar o vaidoso do casal, decerto seria ela, presunçosa, dona das verdades, manipuladora. Pensava isso e se ria inteira, surpreendida pelas palavras que tinham vindo à sua mente.

Talvez fosse mesmo tudo isso, mas o era sem maldade. Aquele rapaz lhe fazia bem, soltava os seus músculos. Antes dele vivia tensa e hoje, por mais que tivessem seus desentendimentos, ela ao menos tinha quem a recordava de ser alguém importante, e isso a relaxava.

Havia porém uma situação em particular que, ela sentia, ele mudava o tom com que lhe falava: quando estavam na casa dele. Tornava-se um tanto ríspido, fazia exigências sem qualquer modulação.

— Qual é o problema, por que tá falando desse jeito comigo? – Alice rebatia sem se importar em ser discreta.

— Que jeito, não estou falando de nenhum jeito, por que não ajuda minha mãe em vez de reclamar, é isso que faz uma mulher desocupada, reclama, vamos, meu amor, deixe de reclamar e ajude mamãe, que tal? – Mais tarde, vendo que Alice ficara chateada com sua atitude, tentou se justificar. — Desculpe se fui grosso, mas às vezes sua postura me estressa, você precisa ser mais proativa, desse jeito mamãe vai pensar que você é uma preguiçosa, e você não quer que ela pense isso de você, quer? – etc.

Pior que Alice, no fundo, não conseguia discordar do que ele lhe dizia; *é isso que faz uma mulher desocupada*, e ela pensava na própria mãe entretida por pequenezas – pela barra da saia da filha que tinha um fio começando a soltar e por isso a fazia voltar e trocar de roupa – enquanto não sabia nada do que importava no mundo. Não sabia História, Geografia, era péssima em Matemática; Alice aprendeu tudo por conta própria, porque a mãe não sabia as respostas das suas lições. Com a ajuda de Júlio, ao contrário, aprendeu tudo que mais importava: a gerenciar o desejo pela atenção, pelo sexo e pela própria solidão.

11

Tinha o intestino preso, Adelaide. Por isso guardava no banheiro uma ou duas revistinhas de palavras cruzadas para lhe fazer companhia. Estava ocupada de uma delas no momento. Quando um dos quadradinhos lhe dizia: retirar o que é estranho à essência. Hum, transformar, ela pensou, mas contou os espaços em branco e viu que assim sobrariam letras. Transmudar? Também não cabia. Um, dois, três, contou – eram oito letras. A última é R, como de praxe, tinha de ser um verbo. Alterar... Libertar?, escreveu LIBERTAR, depois apagou, quando numa linha perpendicular a PAIXÃO atravessou o vocábulo misterioso. A segunda letra era portanto um X.

Feito o que precisava, fechou a revista sem completar o desafio. Lavou as mãos devagar enquanto se olhava no espelho. Às vezes não reconhecia aquela mulher refletida do outro lado. Sua vida passou muito rápido, sem que tivesse controle dela, por mais que tentasse. Desde que teve a menina parece que foi levado dela um pouco da sua vontade de ser gente. Sentia-se muito incompleta, perdida. Vivia para os outros em vez de viver para si. Não teve tempo de sonhar ser nada; quando viu, puf, era mãe. Isso a atormentava de um jeito, chega ficava zonza. Quando fechava os olhos e tentava remontar a própria face não conseguia: era tudo borrado o que sabia de si. O casamento foi um fracasso, uma parceria de merda, um adiamento consciente da própria identidade, pensava inarticuladamente, iam e vinham as palavras, soa mais linear dizê-lo do que pensá-lo.

Ela estava fazendo quarenta anos. Quarenta anos de requentar comida e emoção, segurar o choro e andar sem fazer barulho. Não tinha nada que era seu; o que era seu era também de João, a menina. Que não era propriamente de nenhum dos dois, afinal. Não deixou marca alguma no mundo. Viver é ridículo e absurdo e eu vivo uma vida ainda mais ridícula e mais absurda por causa da covardia, pensou. Já chega.

Desceu à cozinha. Àquela hora, não tinha ninguém em casa. O marido – marido, que piada chamar aquele homem de marido, bem – o marido já tinha saído para trabalhar, a faxineira, para variar, tinha desmarcado. Não se pode confiar nessa gente, pensou. Alice se mudara há poucos meses para morar com Júlio César – sim, estavam vivendo juntos, muito modernos, modernos demais para o seu gosto. Pegou enfim uma tesoura.

Adelaide e João se suportavam mutuamente. Ela ainda cozinhava para ele, ele levava dinheiro para casa, mas não eram mais um casal há muito tempo. Desde que João fora dormir no quarto de visitas, poucas foram as noites que voltaram a se encontrar. Alguns dias em que era servido vinho no jantar as coisas ficavam mais quentes e eles tinham uma noite de recordação amorosa. Mas no geral não se amavam, física ou literalmente. Representavam, apenas. Como vai sua esposa, como vai seu marido, usavam aliança na mão esquerda e tudo, mas não sabiam mais um do outro. O que se passava na cabeça de cada um, quais eram seus planos futuros e muito menos tinham expectativas de retomarem uma vida a dois. João até deixou de reclamar da comida, porque não havia mais a intenção de Adelaide de agradá-lo.

Subiu de volta para o quarto, entrou no banheiro e trancou-se atrás da porta. Viu as rugas da mão a empunhar a tesoura e lembrou-se de dona Ester. Como estaria a mulher? Morta, talvez. Como teria sido o casamento dela? Será que ela era em casa como se mostrava na escola, uma mulher disciplinar? Ou aquele era o espaço que tinha para ser indivíduo? Por que a supunha casada, aliás, não podia ser solteira? Não podia ser feliz? Então olhou-se no espelho e viu que as rugas lhe subiam das mãos para os braços, para o pescoço e para a cara. Era na cara onde estava o verdadeiro incômodo de Adelaide, as rugas entre os olhos e sobre a boca, a denunciar que ela passara a vida a se franzir e calar.

Passou enfim a tesoura na altura do pescoço. No chão via os anos que ela passara presa em uma vida indesejável. Agora, sem aqueles cabelos, estava livre para o resto de seus dias.

Foi nesse aniversário que decidiu se separar em definitivo de João. Não queria olhar mais para o rosto dele; sempre que olhava para o rosto dele lembrava-se do que ela poderia ter sido e ele a impediu de ser: uma mulher com estudo, com uma profissão, talvez sem filhos ou sem uma filha com aquele homem; sem seus sogros insuportáveis, sem as cunhadas bíblicas inconvenientes. Não queria ter se casado aos quinze anos, tampouco ser mãe aos dezesseis. Foi-lhe exigido um amadurecimento que ela não conseguiu cumprir, que ela não queria cumprir, ela quando pariu só queria chorar e ganhar joias, e o que ganhou foram estrias e uma criança que a sorvia dolorosamente, ora, que vida de merda.

Alice foi almoçar com a mãe. Levou de presente algumas flores para alegrar a casa e uma corrente de prata com a letra A pendurada.

— Que fofo! Uma coleirinha.

— Por que você tem que ser sempre tão mal-agradecida, mamãe? Não podia dizer "obrigada", simplesmente?

Ofendiam-se com facilidade e com a mesma conveniência retomavam a civilidade. As flores eram lindas e a comida estava boa; Adelaide encomendou uns quitutes, não gostava mais de cozinhar depois de tantos anos ouvindo que não cozinhava direito, de modo que se permitia um ou outro luxo em dias especiais. Comiam filé ao molho madeira, batata palha e arroz.

— Comida de casamento, hein, mamãe? – a filha exclamou.

A mulher não respondeu, olhava para o prato cheio, não sentia vontade de comer, lhe doía o pé da barriga, como se acusasse uma diarreia iminente. Levantou, foi ao banheiro, não expeliu nada. Voltou e finalmente abriu a boca:

— Tem uma coisa que quero lhe contar.

E contou à filha sobre sua ideia. Queria se separar em definitivo de João. Para além da separação de seus corpos, queria que seu nome deixasse de ter o sobrenome dele e que não precisasse mais lhe servir o jantar.

A reação de Alice surpreendeu a mãe, que imaginou precisar ampará-la. Ainda pensava na filha como *a menina*, como alguém a quem precisava escudar, ainda que o papel de cuidadora não lhe fosse confortável. Pensava em Alice ainda com menos de um metro e meio e tronco liso; assustava-se quando a via chegar e em sua frente surgia uma mulher feita de seios fartos e olhos fortes, que não deixavam de fitar quem neles mirasse.

— Não é uma decisão que me surpreende. Espero que seja o melhor para vocês dois – disse.

Não perguntou à mãe como ela pretendia se virar. Nunca trabalhou, não tinha nada em seu nome. Vai fazer o quê?, pensou, sem verbalizar a angústia. Ela que arque com as consequências de suas decisões.

Adelaide no entanto já tinha pensado em tudo; no ato da separação, não era tola, o casal precisaria dividir os bens; algum dinheiro ela teria. Além disso ainda tinha os pais, de quem era a única filha e herdaria a casa. Poderia morar com eles até que morressem. Sentia-se mal ao pensar na morte dos pais mas era inescapável que o fizesse: era essa afinal a única maneira de se livrar do marido. Senão o que, viver com a filha? Jamais. Adelaide não tinha qualquer intenção de voltar àquele esquema anterior, em que estavam sempre prestes a voar uma em cima da outra por menor que fosse a divergência.

O ajuntamento da filha foi uma benção; Adelaide pensou até que sua relação com João melhoraria, dada a leveza que a casa ganhou desde a saída dela. Mas foi enganosa a impressão da mulher; mais leve estava ela, não o lar, igualmente pesado assim que João passava a chave na fechadura. Era dele que tinha herdado o peso, a menina. Os dois, pai e filha, eram igualmente sombrios, pesados, com olheiras arroxeadas sob os olhos a denunciar o que guardavam por dentro. Como queria que a menina fosse outra, filha de outro. Mas não era: era com certeza de João, era filha daquela esporrada maldita.

Para mudar de assunto:

— E esses cabelos? – Alice perguntou. — Foi pro salão?

E a mãe:

— Eu que cortei, hoje de manhã. Gostou?

— Tá bonito, rejuvenesceu – achou que isso agradaria a mãe, que, ao contrário, sentiu-se verdadeiramente ofendida:

— Por quê? Acha que preciso parecer mais jovem pra ser bonita?

— Nossa, mamãe, vai começar de novo? Não foi isso que eu falei.

— Foi o que quis dizer.

— Você pode parar de colocar palavras na minha boca?

— Me chame de senhora, que eu sou sua mãe.

— De onde veio isso, que você nunca fez questão desses tratamentos?

— Eu sempre fiz questão de muita coisa, Alice, eu só não coloquei pra fora, mas veja no que deu, uma vida infeliz, um casamento falido e uma filha que não me respeita.

E começou a chorar altíssimo, soluçando como se tivesse perdido alguém por acidente, aquele choro de mãe que perde um filho muito cedo e o enterra num caixão branco. Muito cedo, Adelaide enterrou a si mesma, enterrou o projeto de vida que ela não pôde arquitetar. Desde então experimentava, em vida, essa pulsão de morte que é esperar por coisa nenhuma.

A filha olhava a mãe sem saber como consolá-la. Não queria consolá-la, na verdade, não sentia que aquele choro era verdadeiro. Escandaloso demais, quem chora assim é porque quer mostrar para os outros que chora, quem chora de verdade chora baixinho, pensava enquanto lavava a louça. De vez em quando olhava para trás e via que a mãe balbuciava algo para si mesma, não sabia o quê, decerto está se fingindo de louca, ela adora que sintam pena dela, coitadinha, uma menina que foi corrompida pelos desejos de um rapaz mais velho, ora, mamãe, quem você pensa que engana, vovó me disse que você parecia ser da mesma idade que papai e que na festa de Natal da fábrica todo mundo comentou que a *filha dos Vital deu em cima do menino dos Cardoso descaradamente*, vovó me disse, mamãe, que você era uma sonsa, que saía escondida de casa, que deixava papai entrar no seu quarto, agora me vem chorar como se fosse uma coitadinha, é isso que a senhora quer que pensem, que é uma coitadinha, mas você é dona dos seus atos, você não é nenhuma demente, se quiser mudar de vida que mude, por que ainda não mudou?, eu sei por que, porque gosta que lhe sintam pena, gosta que lhe olhem e digam: coitada de Adelaide, uma mulher tão boa, é isso, não é, mamãe?, você gosta de ser quem sofre, quem sabe assim consiga disfarçar quando é você quem faz sofrer.

Aproveitou um intervalo que Adelaide deu para o sofrimento e foi se despedir.

— Já vou, mamãe, preciso voltar pro trabalho. Se quiser trocar o colar, não tem problema.

E foi embora. Visitava os pais em casa só pelo prazer de ir embora, muitas vezes. Fechar o portão atrás de si e trancar aquele cadeado de cuja chave ela não tinha mais cópia. Estar agora na rua. Se a mãe gritasse de dentro, pedindo ajuda, ela não teria o que fazer; não tinha como entrar. Acionaria algum vizinho, algum passante? Ou fingiria não ouvir? Sair andando, os gritos da mãe cada vez mais distantes, confundindo-se com o burburinho citadino, até não serem mais discerníveis. Até se calarem. Entrar no carro e seguir para o trabalho, perceber o seu telefone vibrando e não atender. Esquecê-lo no carro e trabalhar a tarde inteira sem conseguir ser contatada. Ao final do expediente, voltar para casa sem checar quantas chamadas perdidas acusam a sua indiferença. Entrar em casa, tomar banho e deitar na cama com os cabelos ainda molhados, o corpo igualmente úmido a encharcar os lençóis. E então dormir, dormir profundamente, sem sonhar com coisa nenhuma.

 Mas não houve pedido de socorro partindo de Adelaide naquele dia. Ao contrário, quando ouviu o portão bater, aliviou-se. Queria ficar sozinha, acostumar-se sem distração ao novo reflexo que as superfícies da casa espelhavam. O rosto sobre o tampo da mesa da sala, o rosto no box do banheiro, o rosto no chão da área de serviço. Não combinava mais com o lugar, aquele rosto.

 Quando João voltou à noite, trazia um pequeno bolo de leite. Ele tinha saído cedo, a esposa – esposa – ainda dormia. Na verdade não dormia, Adelaide só não tinha saído de seu quarto, tinha adquirido o costume de sair do quarto apenas quando percebia o marido – marido – saindo. Antes de sair ele sempre forrava a cama, mas nunca lavava a louça. À noite, quando chegava, a mesma coisa: desforrava a cama do seu quarto, tomava banho, comia a comida que Adelaide tinha preparado e deixado no fogão e punha na pia o prato para ser lavado. Eram esses os seus dias. De modo que não tinham se falado de manhã. Quando ele voltou à noite, com um bolo de leite, pôs na mesa, esperando comê-lo depois do jantar, em comemoração aos quarenta anos da esposa. Mas a casa estava em silêncio: a televisão desligada, nenhum chuveiro correndo.

— Adê? – ele chamou. — Adelaide?! – gritou mais alto, sem obter qualquer resposta.

Uma sensação esquisita subiu à laringe quando notou não haver panelas sobre o fogão. Procurou pela casa: nada da mulher. Estava desconfortável com aquilo, não sabia bem o que fazer. Abriu a geladeira, encontrou alguma comida envasilhada e a colocou para esquentar no micro-ondas. Deve ter se dado folga de aniversário, pensou. Tinha dificuldade com eletrodomésticos, demorou a se entender com os botões, mas conseguiu, enfim, pôr o prato para girar. Enquanto a comida esquentava, foi tomar banho. Onde ela estaria? Saiu para comemorar? Mas não tinha quem frequentar sem ele. Talvez tivesse ido à casa dos pais. Já estavam velhinhos, mantinham-se dentro de casa o tempo inteiro, natural que ela fosse à casa dos pais naquele dia. É isto, compreendeu, ela foi encontrar os pais. Saiu do banho, a comida já tinha esquentado e esfriado. Decidiu comer assim mesmo.

Cochilou no sofá enquanto a esperava. Acordou meio tonto, às duas da manhã, a almofada toda babada, as pernas alvejadas pelos mosquitos. Não a viu entrar. Decerto ela tivera cuidado para não fazer muito barulho. Levantou e encaminhou-se para o quarto dela. Com a vista ainda turva e entorpecido pelo sono recente, João subiu as escadas apoiando-se no corrimão, dando passos com a memória, e conseguiu chegar ao primeiro andar da casa. Deparou-se com a porta da suíte aberta e, lá dentro, a cama de Adelaide arrumada e vazia. O chuveiro pingava e os pingos ressoavam alto, a acusarem vacuidade.

12

Não tinha ido à casa dos pais. Na verdade, sim, tinha ido à casa dos pais, mas antes de chegar mudou de ideia: parou num boteco que havia lá perto, na Rua Dom José Thomaz, sentou-se sozinha na mesa e pediu um chope. Sentia as bochechas quentes de vergonha, vergonha de estar num bar fuleiro de esquina, de preterir por isso os pais, que a esperavam, vergonha de estar ali sozinha, vergonha de ser uma mulher de 40 anos que nunca tinha sentado sozinha num bar e pedido um chope. E se quisesse fazer xixi, como levantaria da mesa sem parecer que queria escapar da conta? Onde colocaria a bolsa que trouxera consigo, com uns poucos trapinhos, mas ainda assim seus trapinhos – levaria para o banheiro? Caberia no banheiro? O chão do banheiro era limpo para nele apoiar a bolsa? Claro que não, mas se não isso, o quê? Não podia deixar a bolsa à mercê, sobre a cadeira, enquanto ia urinar. Ou podia? Não sabia a etiqueta do boteco.

Chegou o chope, ela sorriu ao garçom e lhe agradeceu. Tomou um gole longo e enquanto bebia ia longe, voltava anos no passado, bebia lembrando de outro momento, de que ela, tão distante, por vezes esquecia, talvez o único momento em que se sentira tão libertina quanto agora, tantos – quantos, dezoito? Não importa – tantos anos antes, quando vislumbrou, ingenuamente, outro futuro.

Eis o momento: ela se matriculou num cursinho de corte e costura no SENAI, que o pai lhe recomendara. Era importante que ela se inteirasse do assunto, tinha dito. Se você gostar, a gente entra com a matéria-prima etc. Ela não gostou, claro. Não tinha mãos ligeiras como as de suas colegas de turma, não gostava de conversar com elas ou como elas. Mesmo assim, ia; não pelo que aprendia, mas porque no segundo dia de aula conheceu um rapaz, Fernando, e se encantou por ele.

Estava como agora, ocupando sozinha uma mesa, quando ele se aproximou, uma mão segurava uma coxinha, na outra, uma coca-cola, e perguntou se podia se sentar junto dela. Usava uma blusa regata, ela lembrava com detalhes, se estava se especializando, mesmo que não gostasse tanto da ideia, precisava atentar para esses detalhes, uma blusa azul-escura com a barra pespontada em linha branca, a bermuda curta do mesmo jeito, fazendo par, e muitos pelos, castanho-escuros como os cabelos e o bigode, escapando da região axilar. Esperou que ele engolisse o que mastigava e perguntou:

— Você estuda o quê?

— Eu dou aula de natação no SESI.

— E come antes de nadar?! Não tem medo?

Foi essa a primeira conversa deles, tola como as seguintes que tiveram, nada comprometedor nem sugestivo; era simplesmente um amigo que fez, com quem esperava se encontrar nos intervalos, em quem pensava enquanto se arrumava para ir à aula. Será que eu me matriculo na natação?, afinal nadava muito mal, seria uma oportunidade de estar mais com ele. Mas – corte e costura mais natação? Não poderia, tomaria tempo demais. Tinha a casa e o marido e a menina. Teria que contentar-se apenas com quinze minutos de Fernando. Melhor que nada.

 Pegava-se pensando nele – no sovaco dele, nos pelos do sovaco que ele não tinha pudor de esconder. Não cheirava bem nem mal, o sovaco de Fernando; ela se aproximava o quanto a discrição permitia, nunca tinha sentido nada além de um sutil cheirinho de cloro. Tinha curiosidade para saber como aquele homem cheirava ao final do dia. Quando chegava em casa, tirava a roupa e entrava no banho, como estariam seus sovacos? Úmidos, secos, azedos como os dela? Os dela eram azedos, no fim do dia. Os do marido, não; o marido tinha até um frasco de talco Barla na gaveta do escritório, para o caso de precisar repor ao longo do dia; ele abominava axilas molhadas, estava sempre a contê-las, prevenindo o suor e a posterior assadura que o suor causaria – ele supunha, não pagava para ver. Às vezes sentia o azedo de Adelaide e a recriminava, lave direito esse sovaco!, dizia, e ela assentia, sem contudo dar excessiva importância à provocação do marido. Pois gostava de seu azedo, à noite, misturando-se aos vestígios de colônia que remanesciam do pós-banho matinal.

 Num dos dias, Adelaide alegou um mal-estar qualquer e pediu licença para sair do curso mais cedo. Não era verdade, porém, que se sentisse mal. Queria era ver Fernando. Tinha perdido o intervalo, ficou na sala de aula para terminar o recorte de um molde, de modo que não o encontrou. Sentia saudades, que bobagem, por causa de um dia sem vê-lo e sentia saudades, e mesmo achando bobagem pediu licença para sair do curso mais cedo. Foi à piscina do SESI, ver se o encontrava, dar um tchauzinho e perguntar se ia bem.

Quando chegou à piscina, logo o viu. Nadava de costas, o rosto virado para o sol que entrava difuso pela cobertura de policarbonato e iluminava o nariz de Fernando, um nariz aquilino ele tinha; ela olhava para ele e sentia que o via por dentro, o nariz, via as cartilagens e as veias a estruturarem-no, a mantê-lo apontado e pulsante para o sol enquanto nadava de costas. Veio à mente sem que ela esperasse Fernando a cheirá-la, com aquele nariz, à noite, depois de passar o dia dando aulas de natação, com aquela roupa imprópria para a noite, uma bermuda curta demais para um homem sério, entrando em casa e, com o nariz cheirá-la, lambê-la, fodê-la. Arrepiou-se, Adelaide, sem nem perceber o que a arrepiava, sem tomar consciência do pensamento.

Esperou que ele chegasse lá, à borda oposta, para cumprimentá-lo. Acenou e gritou: Professor!, sem ter certeza se ele a reconheceria àquela distância. Ele a mirou por um instante, tirou da frente dos olhos os óculos de natação e então gesticulou de volta, como se a pedisse para esperar ou coisa parecida. Nadava agora em sua direção, enquanto as entranhas dela se retorciam de constrangimento. Por que o tinha chamado de professor?, que cumprimento tosco, ele a devia achar ridícula, não deveria ter vindo até aqui, ideia mais simplória. Nunca antes precisou avocá-lo pelo nome, começavam sempre com Oi, Olá, Bom dia, quando então tentou chamar, o nome não lhe saiu da boca, o que saiu foi aquele título que nem cabia na relação que tinham. Um tipo de lapso que lhe era típico, esse de falar o que não esperava dizer, falar sem perceber o que dizia. Cogitou ir embora antes que Fernando a alcançasse, mas ele não estava ali à toa, nadava ligeiro e logo reduziu a um ou dois os 25 metros que os separavam.

— Oi, Adê!

Falou assim, sem mais nem menos. Disse *Adê* naturalmente, como se fossem amigos de longa data, como se suas famílias se encontrassem aos domingos à tarde para jogar dominó e tomar cerveja, como se ele já tivesse cheirado sua axila.

— Oi, Fernando!

— Pode me chamar de Tinho, Adê, todo mundo me chama de Tinho. Fernando era o nome do meu avô, Fernando Neto é meu nome. Neto, netinho, tinho.

— Certo. Tinho, então. Vim só dar um oi, não consegui sair da sala no intervalo.

— Achei que você não tinha vindo hoje. Perguntei à moça da cantina, ela também não viu você. Fiquei preocupado.

Adelaide se percebeu corar e quanto mais consciente a ideia de suas bochechas dilatadas, mais ela se avermelhava, mais ela suava. Enxugava o suor da testa de instante em instante.

— Tá com calor? Quer dar um mergulho? – ele perguntou.

— Não – replicou desconcertada. — Como assim dar um mergulho, não tenho maiô, biquíni, não tenho nada, mal sei nadar – falava quase ríspida, não porque quisesse repeli-lo mas porque não sabia responder ao inesperado.

— Mais um motivo para cair na água, menina. Mesmo sem roupa de banho, se quiser pular, eu faço vista grossa.

— Não, não, era só um oi, mesmo. Tchau, tchau, bom dia.

Saiu tonta da área da piscina. Não sabia como reagir propriamente à explicitude de Fernando. A vontade que tinha era de esbofetear a cara dele e depois passar-lhe no rosto quente a língua, contornando com ela a marca dos dedos que deixaria. Olhou para trás e ele estava de costas, curvado a enxugar as panturrilhas, a bunda apontando na direção dela, a sunga distendida entre as nádegas.

No caminho de volta para casa, enquanto esfriava a cabeça, o sangue, as bochechas, ela concluiu que ele não lhe tinha dito nada demais. Ela foi maldosa ao pensar que ele estava sendo descarado – ele disse apenas que ela não precisava de roupa de banho, não sugeriu que ficasse nua, como ela interpretou, mas que pulasse de roupa, foi isso –, mas se Tinho não estava sendo descarado isso igualmente a incomodava, queria que ele fosse, tinha adorado ouvir aquilo, essa era a verdade, tinha adorado se ver nua na piscina imensa e Fernando a tomá-la por dentro da água. Ela tinha fugido porque não queria encarar seu desejo – era o que concluía agora, quase vinte anos depois, na mesa daquele boteco na Rua Dom José Thomaz.

Depois disso, pouco se viram. Adelaide evitava sair durante a pausa. Das vezes que se sentaram juntos na cantina, ela fingia um desinteresse profundo no que o rapaz tinha para lhe dizer, não que fossem coisas interessantíssimas, ele falava de campeonatos e automóveis, eram esses os seus tópicos preferidos, e a eles nada ela podia acrescentar, se fosse um tanto menos estúpida no entanto poderia ser receptiva aos assuntos dele, ou poderia ela pautar o papo, mas não, esforçava-se para lhe ser desagradável.

Conseguiu o que queria depois de dois meses ou um pouco menos: Fernando não veio abordá-la; sentou-se numa mesa com Margarida, outra costureira, e os dois passaram o intervalo a sorrir juntos, a escancarar os dentes para quem passasse, os dentes sujos de orégano que ele não disfarçava. Ela os observava contente, apesar de tremer a pálpebra, estava contente, tinha se livrado daquela inconveniência.

Agora no boteco, sentada à mesa, sozinha e aos quarenta, quando sorrir passou a enrugar a testa, agora lembrava de Fernando. Curiosa para saber o que se tinha dado do rapaz, em que emprego ele estaria, onde vivia, como cheirava. Poderia ter sido uma escapada fenomenal, um estouro, um cume de 120 decibéis no planalto de silêncio em que se embrenhou, pensou, sorrindo e se enrugando. Ele tentou contato com ela naquela época. Devia ter conseguido o endereço de Adelaide com alguém da secretaria, ela não lhe disse onde morava, ele sabia dela quase nada, não falou para ele nem da filha nem do casamento, ora, sim, ela tirava a aliança quando ia para a aula, mas era porque se incomodava de estar com ela enquanto trabalhava com as mãos, não foi de caso pensado. Como – não importa como, ele mandou uma carta para ela no fim do ano em que se conheceram.

Alice tirava algo de um envelope; Adelaide não se imaginava destinatário de qualquer carta, mas estranhou aquilo na mão da menina, estranhou e de algum modo sabia que a filha estava, com aquele gesto que fazia discretamente, sem achar que ninguém a observava, estava tentando lhe usurpar o prazer de abri-lo. Era assim que a menina funcionava, tomando o que era seu.

— O que você tá fazendo? – perguntou Adelaide, já apanhando o papel.

Notou, num relance, o nome que o subscrevia: Fernando da Silva. Começou a se tremer inteira, os dentes tiniam indisfarçáveis. Ela despachou a criança e começou a ler a mensagem que ele a enviara.

Quando a carta chegou, eles não se viam mais há meses. Ela desistiu do curso pouco antes de completar o primeiro semestre. Claro que estava enciumada, claro que queria os dentes dele sorrindo só para ela, sujos do que fossem, admitia baixinho a saudade que sentia de Tinho – pensava nele assim, como Tinho, agora que estavam distantes –, sentia saudades mas tinha feito o certo, tinha se afastado da tentação. Não podia sustentar o que não dominava, nem sabia se ele queria um caso, ele não lhe tinha dado sinais de nada além de amizade, certo?, caso se apaixonasse, e então o revelasse, e ele se risse dela, das suas pretensiosas perninhas finas, hã, poderia arriscar?

Ficava com ele apenas à noite, ao deitar, quando em seus sonhos nadava nua acompanhada do rapaz. Não, apenas à noite, não, que no banho também pensava nele. E quando passava pela frente do SENAI. Ainda assim eram poucas – eram poucas as ocasiões em que se permitia consumar aquele desejo. Na maioria do tempo sequer se permitia sentir saudade, cortava o pensamento antes de ele assomar, se programava para passar ferro às quatro e meia da tarde, que era a hora do intervalo, a hora em que se encontravam na cantina, e montava a tábua em frente à televisão, que ligava em volume alto o bastante para evitar ouvir as próprias ideias. Era essa a tática de Adelaide, posso não ser muito estudada, ela se convencia enquanto o ferro esquentava, posso não ser muito estudada, mas tenho minhas qualidades, não preciso de ninguém para me dizer o que é certo, eu faço o certo, posso até me desencontrar no caminho mas na hora que eu me acho, eu faço o certo. Eram essas as roupas que ficavam mais alinhadas, as que eram passadas com o ferro bem quente, as mãos bem firmes e a cabeça bem longe. Só ao deitar, ou no banho, ou quando passava pelo SENAI, só nessas horas pensava em Tinho.

Portanto a carta, depois daqueles meses de pura idealização, era tão comovente quanto inesperada. À medida que lia o que estava escrito no papel, Adelaide sentia o corpo esfriar. Era um texto sem qualquer intimidade, banal, provavelmente copiado de algum cartão, sobre renascimento e comunhão. Desejava boas festas e, no rodapé, deixava o telefone, se dispondo aos clientes e amigos para aulas de natação e surfe. O sem-vergonha só queria descolar um bico.

parte três

13

Alice e Júlio não se casaram na Igreja. Os avós não sabem que eles moram juntos, tampouco as irmãs de seu pai, todas carolas – apesar das falas pouco católicas que saem de suas bocas sempre que falam, que falariam se soubessem da vida a dois que Alice leva sem estar abençoada pelo padre-amigo da Igreja do Santo Antônio. Não se casaram nem pretendem, por enquanto, apesar da situação confortável – ela passou num concurso público e é analista do tribunal de justiça, ele é chefe de redação numa agência publicitária, ainda pequena, mas em expansão, que dois amigos abriram e o convidaram para inteirar –, situação confortável, ponto, não têm quase nada investido, sua poupança cobre, no máximo, três meses de alguma desgraça.

Só se eu fosse louca, Alice disse quando Júlio propôs uma comemoração, só para os amigos mais próximos, ele tentou, quem sabe se você desfizer metade de suas amizades, ela sugeriu, brincando – aquela brincadeira que guarda bastante intenção, preferiria mesmo que ele tivesse menos amigos, alguns tão interesseiros, só queriam dele a cerveja boa que ele levava no churrasco, a carne que ele sabia assar com perícia, a compreensão com que ele tratava os seus erros; não sabiam ouvi-lo, era ela, somente, que o ouvia, era ela que sabia de suas dores mais íntimas, da sua relação filial dificultosa, só ela sabia da pressão que Júlio sentia para agradar e ajudar os pais, dois aposentados sem hobbies, infelizes, cuja distração consistia em reclamar de Júlio pela vida que eles não conseguiram viver nos sessenta anos anteriores e queriam que o rapaz, agora, lhes oferecesse. Não, Júlio, não vai ter festa, a não ser que a gente ganhe na mega-sena, não vai ter festa, afirmou resolutamente, basta o papel que assinamos.

Isso não quer dizer que não celebraram, melhor impossível, depois do cartório, no mesmo dia, deram entrada num apartamento na Gonçalo Prado Rollemberg. Alice odiava morar numa casa, evitava sair porque não gostava de chegar e ser obrigada a sentir medo, medo de, ao abrir o portão, ser rendida por um bandido mascarado que aproveitaria de sua vulnerabilidade para não só roubar seus bens mas também tocar em seu corpo, ou pior, depois de entrar em casa e se acreditar segura, descobrir a casa depenada, ouvir uns grunhidos e encontrar o pai e a mãe amarrados no banheiro, a boca adesivada com uma fita, o pai com uma ferida sangrando na testa, a mãe toda mijada de nervoso; todo dia, quando punha a chave no portão para sair, ela tinha a impressão de que, quando voltasse, viveria tal tragédia, de modo que esse apartamento, com portaria 24h, perto de tudo, supermercado, banco, delegacia, era perfeito. Dali a 360 meses – o que são 360 meses perto da eternidade do amor, o corretor veio com essa, logo para cima de quem – poderiam, ela e Júlio, se dizer proprietários de um imóvel.

O apartamento ficava próximo à sede do tribunal, era na sede que Alice trabalhava, poderia ter sido mandada para o interior, para algum outro fórum, mas foi lotada na sede, por sorte. Sorte e um pouco de influência – o pai, hoje muito menos proeminente depois que a fábrica faliu e ele foi trabalhar numa outra confecção, ficando abaixo da hierarquia a que estava adaptado, mas ainda com algum conhecimento, conhecia um desembargador, falou com ele que a filha tinha passado no concurso, ela era a sétima da lista, e perguntou se ele não tinha uma vaga para a qual indicá-la. Alice não gostava que seu pai interviesse em sua vida, muito menos em sua vida profissional, quando ele quis arranjar um cargo em comissão na prefeitura de Laranjeiras, depois que se formou, ela vetou imediatamente, mas aquilo era diferente, não era falta de ética, era?, não, ela conseguiu o cargo por seu mérito, aquilo era bom uso das relações, ela não poderia desperdiçar a chance, era justa mas não era tola, começar numa assessoria de gabinete, puxa, seria muito bom, então ela aceitou aquele favor de seu pai, de seu paizinho, o paizinho que ela, apesar de guardar mágoas antiquíssimas, não conseguia avocar sem que usasse um carinhoso diminutivo. Obrigada, paizinho, obrigada, ligou para agradecê-lo quando viu, no ato de sua convocação, onde foi lotada.

De modo que Alice vivia num raio de menos de dois quilômetros, entre sua casa, seu trabalho, a casa dos pais, a casa dos sogros. Não contava com a casa dos avós, muito menos das tias, ela não os visitava com frequência, só em datas especiais – e olhe lá, se sentia desconfortável, julgada, precisando mentir para aquela gente, mentir sobre o marido, a casa, o humor, o motivo de seu silêncio, o sabor da comida insossa que precisava elogiar para dar alguma felicidade à tia Eunice, a mais nova antes de seu pai, que não tinha família, emprego nem saúde, e passava o dia cozinhando o que aprendia, mal e porcamente, nos programas de televisão matinais.

Dois quilômetros, apenas, e ainda assim os percorria de carro – comprou um carro seis meses depois da posse, foi um luxo que se deu. Andar a pé fazia assarem suas coxas, que apesar de finas eram muito sensíveis, em Aracaju estava sempre quente, se andasse mais de quinze minutos a pé, as coxas embrotoejavam inteiras, não tinha talco Barla que resolvesse. Comprou um carro e, sem contar a ninguém, levou-o para uma benzedeira – recomendação de um colega de trabalho, ele conhecia uma pessoa há muitos anos, levou todos os carros nela e nunca se envolveu em acidente. Alice duvidou daquele poder de santo, mas ficou com medo de duvidar e ser desafiada pelas entidades, eu que não vou me colocar à prova. Marcou num sábado bem cedinho, por intermédio do colega, para ir à benzedeira, foi, voltou e quando chegou o marido ainda dormia, agora você vai andar num carro benzido, Julinho, ela lhe disse em pensamento.

Deitou ao seu lado e ficou a procurar detalhes. As sobrancelhas dele pareciam artificiais de tão bonitas, eram cheias, de um pelo duro e brilhante, azuis a depender da luz que batesse. Gostava de olhar para suas sobrancelhas, de acompanhá-las no sentido que nasciam, do nariz ao final dos olhos, olhá-las longamente até suspender os pensamentos e o tempo passar de outro modo, só o que importava era o brilho dos pelos da sobrancelha de Júlio César, onde, se ela os fitasse do ângulo correto, poderia se ver refletida, invertida, ao avesso do direito, e por isso mais honesta, na concavidade dos pelos da sobrancelha de Júlio César. Havia de repente várias dela ali, uma em cada pelo, centenas, milhares dos próprios olhos a olharem de volta para ela, as pupilas caleidoscopicamente negras a tornarem-na, em ida e volta, infinita. Isso só acontecia, engraçado, quando o marido cochilava ou dormia. Não conseguia admirar a coroa de seus olhos se eles estivessem abertos, a lhe retribuir a vista; distraía-se quando alguém a olhava, quando alguém, mesmo que não a olhasse, pudesse vê-la. Ele precisava estar com as pálpebras encontradas uma na outra, de preferência coladas pelas remelas que seus olhos produziam aos montes, para que Alice entrasse nesse estado meditativo. Por isso ela fazia muito silêncio, se movia como um réptil, pelo quarto, sobre a cama, naquele sábado, enquanto o admirava. Era um relacionamento sem grandes dramas. Gostava da vida morna, uma vida que não borbulhasse nunca, que não exigisse luvas de proteção. Queria sentir sem barreiras, mas sem que corresse, tampouco, risco de se queimar. E o marido lhe dava isso: cheirava bem, não excessivamente; falava firme, mas baixo; e, o principal, era bastante calado.

Tinham, sim, suas dificuldades. Ele a desejava mais perto, ela o preferia distante, como naquele instante em que o tinha ao seu lado, porque a distância que importava a ela não era física, mas a distância íntima de que precisava para não se sentir ameaçada pela sua exposição. Ele a compreendia, era o que importava; por mais que ainda demandasse dela, vez ou outra, alguma emoção que ela não conseguia entregar, e ela se recusasse, e isso gerasse conflitos, avivasse dores, provocasse dúvidas, ele sabia que ela o amava e que sua distância, por menos óbvio que tenha parecido no início do namoro, por mais duro que ainda fosse, nos dias que necessitava de mais afeição, sabia, era essa a sua maneira de corresponder o amor.

Júlio compensava sua carência, a carência que Alice não supria, com relações que ela não aprovava. Tinha amigos demais, visitava com frequência os parentes, almoçava todos os dias com o pessoal do trabalho em algum restaurante próximo à agência. A sociabilidade de Júlio, ela tinha certeza, era seu principal defeito. Era o principal defeito dela, a sociabilidade dele, ela pensava – essa expansividade a amargava. Quando estavam sem ninguém por perto, pois podia se concentrar – era o momento que sentia mais amor. Ao contrário, fora dessa intimidade, não conseguia se dedicar a ele, ele também não, mas diferente dela, para quem isso era evidente e por isso ela fazia um esforço ativo pela vigilância, ele não cuidava da mesma maneira. Daí ela amargava. Sentia o amargor, a amargura a lhe subir pelo esôfago, junto a eles uma intenção de vomitar, de vomitar em Júlio suas dores, de cobri-lo de bile e assim, quem sabe, sujo e fedorento, conseguir afastá-lo dos outros.

Sabia o ridículo de pensar coisas como essa. Mesmo sabendo, não deixava de pensá-las. De repente era tomada de um ciúme – não era ciúme, ela dizia a ele, era apenas um incômodo, um incômodo com uma expansividade que julgava perigosa – e quando se percebia já estava dedicada a um discurso detestável e improfícuo: que restaurante era esse, Júlio, por que você não leva comida de casa, por que você não evita o sol de meio-dia, duvido que você tenha passado protetor solar, eu comprei o protetor solar para você e você nem usou, por acaso esse lugar tinha licença da vigilância sanitária, você olhou se havia registro do controle de endemias, deus me livre, mas quero ver quem vai cuidar de você quando você adoecer, quero ver quem vai dormir no hospital com você, falava, enfim, qualquer coisa que pudesse convencê-lo a almoçar sozinho. Porque era assim que ela fazia, os colegas desciam para o quilo do tribunal e ela aproveitava que saíam para enfim almoçar em paz, em sua sala, foi assim que começou a gostar de salada, porque a salada comia fria, sem precisar ir à copa e encontrar com pessoas dos outros gabinetes, a aguardarem na fila do micro-ondas.

Não era sempre que ela se comportava dessa maneira, conseguia, na maior parte do tempo, conter seus lapsos. Sobretudo porque, se no início do namoro Júlio caía na lábia de Alice, agora ele não se deixava enganar – nem fingia acreditar – nas implicâncias superficiais da mulher. Os dois já tinham entendido, não quer dizer que tenham aceitado e convivessem pacificamente com isso, mas tinham entendido que o ciúme, a insegurança, o controle, a moralidade de um não dizia necessariamente respeito ao outro. Entenderam isso depois de duas, três, dez vezes a relação chegar à iminência do fim. Em todos esses quases, os dois estavam sufocados, sentiam-se amarrados pelo pescoço por um emaranhado de grossas cordas que queriam desatar. Ao desatá-las, porém, ao desatá-las percebiam que não queriam soltar completamente os nós; eram eles que, ao uni-los, os mantinham equilibrados e seguros; sem as cordas, cairiam no abismo. Por isso reatavam, e a cada vez que se renovava o enlace, os nós eram dados com mais perícia, para evitar tanto que se desfizessem, quanto que cegassem.

14

— Às vezes ele me lembra seu pai, Alice, os dois coçam a bunda ridiculamente em público, enfiam a mão dentro da calça sem nenhum pudor e lixam as nádegas com a mão espalmada, as mesmas mãos ressecadas que têm. Já reparou como as mãos deles se parecem?

Seu impulso sempre era o de dar à mãe a resposta merecida, chamá-la de infeliz, inconveniente; evidenciar que o que a mãe percebia era apenas o negativo do mundo, espelhando-se em sua negatividade. Está vendo como você me trata – dizia Adelaide, quando Alice lhe respondia – depois de tudo que fiz por você, depois de trocar minha vida pela sua. Algumas vezes a mãe recorreu a esse argumento pérfido, de que desperdiçou sua potência juvenil para carregar gravidez indesejada, casamento falido e profissão dona de casa. Agora era assim que Alice retribuía, com a prepotência e a ingratidão que puxou do pai, muito obrigada, minha filha, muito obrigada. Não concordava, a menina, ela estava apenas respondendo a maldizeres que ouvia e não queria endossar; ao mesmo tempo sentia-se triste, se não queria ser abjeta com os outros, também não queria causar sofrimento à mãe. Será que exagerei, será que eu peço desculpas, será que puxei mesmo ao meu pai, será, será, será.

Dessa vez, porém, não responderia à provocação dela. Não as responderia nunca mais, depois do que lhe foi revelado. Estava arrumando a mudança, encaixotando sua presença para finalmente transpô-la a outro cenário que não aquele único cômodo no segundo andar da casa da rua Porto da Folha. Levou da área de serviço até seu quarto uma pequena escada doméstica, subiu seus três degraus e tirou de cima do armário, com alguma dificuldade, eram pesadas, duas caixas repletas de antigos álbuns de fotos, bilhetes de amigos, cartões de aniversário e diários. Não resistiu, quis, mesmo sabendo que atrasaria a arrumação, contemplá-los novamente. Não havia muitos registros da infância de Alice, era o menor dos álbuns aquele dedicado aos seus primeiros anos; começava com uma foto dela sobre uma cama, numa camisolinha branca que só deixava sua cabeça à mostra, com os olhos fechados chupando deliciosamente o polegar. A foto seguinte foi tirada no mesmo dia, ela estava com a mesma roupinha, nessa acompanhada da mãe, que a segurava no braço, com o torso e a perna muito magros mas a barriga grande, como se ainda não parida, e o pai atrás da mãe, segurando em sua cintura e olhando para o fotógrafo com um sorriso mole de quem tinha se embriagado ao receber a notícia do nascimento da menina. As tias com Alice na praia, dormindo sob um para-sol, Alice dentro de uma bacia, muito gorda e banguela, e ao lado dela, Naninha, que a banhava, Alice vestida de tatu, soprando o número cinco que encimava um bolo confeitado, Alice calçada em seus patins, primeiro de costas, apoiando-se nas paredes de um corredor estreito, e depois de frente, com um band-aid no joelho. Viu outros álbuns, releu as cartinhas, abriu seus diários. Foi neles que encontrou a resposta para os questionamentos que fazia. Alice não escrevia muitos segredos; relatava nele seus dias, ao que assistia na televisão, o que estava estudando, as brigas com os pais, as brigas dos pais. Escreveu sobre o primeiro dia em que beijou Júlio César – sequer se lembrava disso. Escreveu sobre uma conversa que ouviu do pai com um amigo, em que chamava a esposa de desocupada, e neste relato ela defendia a mãe, dizia que a mãe vivia tão ocupada com os afazeres de casa, café da manhã, almoço, jantar, que não tinha tempo para ajudá-la com as tarefas da escola, e ela achou aquilo injusto. Escreveu, já mais crescida, sobre as discussões com Adelaide. E foi ao relê-las que percebeu, desde quando era menina, o que repetidamente se seguia aos embates entre as duas. Primeiro discutiam por discordâncias. Alice queria alisar os cabelos, Adelaide não deixava. A menina ia brincar na rua, a mãe queria que ela ficasse em casa. A mãe, em suma, não levava em conta o que a filha sentia, pensava, dizia – essa era a visão de Alice, no que registrou – e a menina cobrava dela atenção. Ao ser demandada pela filha, a mãe, se não silenciasse, sem dar seguimento às reivindicações, a acusava de ser ingrata. E Alice, culpada pela ingratidão, sofria – em silêncio, como a mãe desejava.

"Não quero participar da apresentação de fim de ano da escola. Quem não quiser se apresentar, precisará entregar um trabalho escrito, de até 15 páginas, sobre *As fábulas de Esopo*. Prefiro escrever mil fábulas a me envergonhar diante da escola inteira numa montagem amadora. Ontem mamãe chamou minha recusa de 'uma típica covardia juvenil'. Não suportei ouvir aquilo, disse que covarde era ela, que vivia reclamando de tudo e não fazia nada para transformar sua realidade. Ela quase me deu um tapa; veio para cima de mim com a palma da mão aberta, eu recuei e corri para o meu quarto. Na escada, olhei para trás e a vi sentada no sofá, o olhar fixo no chão encerado e a boca tentando controlar o que parecia ser uma gargalhada. Hoje pela manhã ela saiu de casa, voltou com lençóis novos e impôs ao meu pai o quarto de visitas".

"Mamãe disse que queria morrer" – Alice registrou no dia 14 de fevereiro de 2002 – "e eu disse que ela me faria um favor imenso se consolidasse seu desejo. Ela então começou a chorar muito, falou o de sempre, que eu era a razão por que ela tinha essa vida miserável, e subiu para o quarto. Fui até lá pedir desculpas e, pelo buraco da fechadura, a vi se olhando no espelho. Sorria, em meio às lágrimas que não paravam de escorrer, um sorriso de satisfação que me deu arrepios. Não pedi desculpas, fui para o meu quarto, igualmente, chorar. No jantar, parecia que nada havia acontecido".

Em outra entrada, Alice contava que tinha perdido sua virgindade, à época com 17 anos, e tentou compartilhar o episódio com Adelaide. "Mas mamãe não quis me ouvir; disse que, se eu quisesse contar a alguém detalhes sobre minha vida sexual, encontrasse uma amiga curiosa, de preferência mais tola e mais nova, para servir de plateia. Ela não queria saber disso ou de qualquer outra desgraça. Então disse, mais para si mesma do que para mim, já que não me olhava, olhava para a mesa de centro, que a refletia, que o sexo estava no fundo de todas as tragédias humanas, a começar pela sua."

Adelaide estava sempre a procurar uma deixa para sofrer. Era quando se contrapunha aos outros e eles a faziam mal – faziam assomar o mal que ela tinha em si, que podia, sem se assumir megera, mas, ao contrário, acolhendo-se como coitada – que justificava seus desejos mais vis: sumir para sempre e nunca mais ser esposa, mãe, filha. Fantasiava as vizinhas a comentarem sobre ela: é uma sofredora, merece mais, no lugar dela eu já teria desistido de tudo. Desejava mais: brigas, decepções, impasses, pois eles lhe davam suporte para o papel de vítima que há anos interpretava. Era, afinal, o que sabia fazer.

Prestes a sair de casa, ao ler aqueles relatos, Alice enfim compreendeu que, reiteradamente, a mãe usava a miséria como bengala, oportunidade, excludente da ilicitude, para repetir discursos em que se martirizava, reforçando quem era, alimentando a dor e o gozo que a dor lhe provocava. Não responderia, portanto, àquela provocação da mãe. Não: as mãos de Júlio César não pareciam com as de seu pai. Exceto que cada uma carregava cinco dedos, não se pareciam. Por favor, mamãe, não queira me impor a sua vida, sua história. Não vou ser coadjuvante para você interpretar seu papel de coitadinha. As mãos do meu marido não são as mãos do seu marido; eu não sou você e não estou, não me sinto, você não fará com que eu me sinta, condenada a repetir o seu destino. Era o que pensava e queria dizer, mas calava, por saber que aquela resposta se converteria no desejo de Adelaide.

Quando já estava vivendo junto ao noivo, de fato, encontrou algumas semelhanças entre ele e João: como ele, Júlio não propunha mudanças a respeito do que lhe desagradava. Deixava evidente seu desgosto, menos grosseiramente que seu pai, mas com uma sensibilidade de certo modo tacanha, sem pensar no esforço que Alice tinha feito, por mais que negasse, no esforço que fizera para agradá-lo. Tanto João quanto ele também observavam pouco as pequenas surpresas que as esposas faziam: a toalha de mesa nova, o quadro finalmente emoldurado, a lingerie combinando. Era uma desatenção que lhes irava. Não pela desatenção em si, mas em sua dimensão – Alice pensava nesses termos – simbólica, ele estava alheio às responsabilidades para com a casa, e ela, na relação domiciliar que mantinham, sentia-se igualmente atingida pelo que ele ignorava. Mas não diria nunca à mãe o que observou, até porque não os acreditava semelhantes por alguma atração dela pelo pai, mas simplesmente porque os dois repetiam, um em maior outro em menor grau, expressões de masculinidade. Ela, diferente da mãe, não escondia o desgosto; e o marido, ao contrário de João, não se recusava a rever comportamentos, quando os julgava – ainda que nem sempre os julgasse corretamente – equivocados.

Não respondeu, portanto, à provocação de Adelaide. Tinha vindo visitá-la para saber como ela estava, como tinha sido aquele primeiro trimestre fora de casa, de volta a viver com os pais, e também para lhe contar uma novidade. Estava grávida. Mas não se sentiu à vontade, naquele instante, para lhe dar a notícia. Melhor assim, ainda não tinha certeza se queria aquele filho. O comentário da mãe tinha reacendido uma mágoa com que Alice não queria dividir com a revelação. Deixaria para outro momento.

15

A curto prazo, a maternidade não estava em seus planos. Sequer sabia se quereria, um dia, ser mãe. Achava feias as grávidas que via, a maioria delas a andarem com as pernas muito abertas, assadas entre as coxas, sonolentas, drenadas, intumescidas, ameaçando tombar. Já tinha observado – quando não estavam sozinhas, quase nunca se apoiavam, por mais que precisassem, em quem as acompanhava. Sustentavam as barrigas unicamente com o próprio aterramento, auxiliadas pela natureza, a prenha pioneira. Pareciam guardar-se para a ajuda que, malgrado, precisariam dali a pouco tempo; até lá, aguentavam sozinhas com as próprias entranhas os enjoos, as dores, o temor pelo futuro.

Tinha uma colega de trabalho, Celine, que era uma das poucas gestantes de que admirava a beleza; admirava das outras a vontade, a paciência, a coragem, mas não mentia, não as achava bonitas. Celine, porém, era lindíssima. Já antes sua beleza chamava atenção, era uma mulher pequena mas vigorosa, com andar possante, tinha os olhos grandes e atentos, sutilmente esverdeados, uma pele limpa de quem se cuidava, os cabelos castanho-escuros, compridos, de fios lisos e grossos, sempre muito alinhados. Contudo, havia nela uma certa melancolia, que de início, logo que chegou ao gabinete, Alice não sabia a razão. Não viraram grandes amigas, mas com o tempo passaram a compartilhar um ou outro detalhes de sua vida pessoal, principalmente Celine, que era mais expansiva. Tentava engravidar há cinco anos, por duas vezes embarrigou, mas nas duas os bebês se perderam ainda no primeiro trimestre da gestação. De forma que Celine era uma mulher enlutada.

Quando engravidou pela última vez, Alice logo soube. Celine, outrora muito educada, pediu que ela parasse de usar seu perfume, estava lhe deixando enjoada. Primeiro Alice se ofendeu, achou estúpido da parte da colega, ela mesma era sensível a extravagâncias, por isso usava uma fragrância discreta, em pouca quantidade; mas algumas horas com esse incômodo bastaram para desconfiar do porquê da indelicadeza. Não perguntou nada, não quis ser invasiva e ainda se sentia um pouco insultada; mas, ali, soube. Algumas semanas depois, veio a confirmação: crescia na barriga estreita da mulher, pela terceira chance, uma vida. E desta vez a criança vingaria.

"Vai se chamar Nico", contou-lhe em primeira mão, "meu marido é fã do Velvet Underground". À medida que a barriga crescia, a mulher ganhava mais e mais cintilância. Parecia desenvolver-se nela não uma criança, mas uma pedra moscovita, que resplandecia de dentro para fora.

Aquele brilho mexeu com Alice. Não tinha, até então, conhecido uma grávida tão bonita. O que antes era admiração tornou-se inveja, viu-se torcendo para que a criança nascesse feia – ou não nascesse. Odiou-se ao se perceber desejando algo tão torpe, mas não conseguia evitar, Celine entrava na sala e imediatamente evidenciava-se em Alice o vazio que, ao seu lado, encontrava o avesso. Involuntariamente, ou nem tanto, deixou de tomar com regularidade o anticoncepcional.

Esquecia-se do horário, pulava a cartela, vacilava. Ao medo que tinha de ser mãe, de ser como a mãe, contrapunha-se o desejo por aquela exuberância. O acaso não deu muito tempo para Alice: seis meses depois de Celine, ela engravidou.

A menstruação estava suspensa, resultado provável – ela pensava – da inconstância com que vinha usando a pílula. Não conseguiria, entretanto, conviver com a dúvida. Ao completar 28 dias de atraso, já com a virilha por inteiro assada, pois saía todos os dias usando absorventes, achando que finalmente o sangue desceria, ao completar 28 dias de atraso ela passou, antes de ir ao trabalho, numa farmácia de esquina e comprou um teste de gravidez. "Não é possível, eu estou me protegendo", pensava à espera do resultado, a calcinha ainda abaixada, a fita embebida em sua urina. Reagiu ao positivo com uma pasmaceira hipócrita, em seu íntimo ela sabia, mesmo assim espantou-se, as paredes como testemunhas daquela encenação. Saiu do banheiro sem fechar a braguilha, sem lavar as mãos. Ligou para Júlio César e pediu que eles se encontrassem na hora do almoço, precisavam conversar.

Perguntou ao marido se ele queria ter aquele filho.

— Não acho que caiba a mim a decisão, Lili.

— É assim que você pretende exercer a paternidade, se livrando das decisões que precisam ser tomadas?

Ela estava sendo injusta, ele rebateu. Não era uma questão de condescendência, mas de saber o seu lugar. Não era ele quem estava grávido, não era ele quem sofreria as consequências de um aborto. Ela tinha de se decidir consciente disso.

— Não venha me ensinar qual é o meu papel enquanto mulher, Júlio. Eu quero saber se você pretende assumir a paternidade dessa criança.

— Que pergunta, Lili, é claro que sim.

— Você sabe do que eu estou falando, não sabe? Não só preencher a ficha da admissão na Santa Helena, não só registrar a criança com seu sobrenome. Eu quero saber se você vai ser responsável pelos cuidados dela, quero saber se você vai me apoiar enquanto caminhamos na rua, se você vai continuar me achando bonita com as estrias que vão aparecer na minha barriga...

E desabou. Não de choro: Alice despencou da cadeira em que estava sentada. Vieram socorrê-la outros clientes, garçons, uma enfermeira que também almoçava ali. "Ela está grávida", Júlio dizia, desesperado, "está grávida!". Ela recobrou a consciência, mas sentia-se mal, toda aquela gente a observá-la de cima. "Me tire daqui, por favor", pediu ao marido.

Foram à urgência. Examinaram-na, uma queda brusca de pressão, nada demais, o receio era que caísse de mal jeito, se pudesse, evitasse dirigir, aquilo talvez se repetisse nos meses adiante. Aproveitou para fazer um exame de sangue, a ultrassonografia só seria necessária dali a quinze dias. Soube que ainda nem estava com três semanas completas.

— Ainda temos tempo de... enfim, de decidir. Se queremos isso ou não — disse ao marido, quando saíram da clínica.

— Não quero convencer você de nada, mas se quer saber minha opinião, eu prefiro que você tenha esse filho.

Acho arriscado tentar alguma coisa, eu não conheço ninguém que possa ajudar.

— Também não conheço, mas não deve ser difícil. Mulheres abortam todos os dias, você sabe.

— E morrem todos os dias, Lili. Quando você desmaiou... Achei que fosse perder você. Não queria que a gente corresse esse risco.

— Quem vai correr o risco sou eu. De morrer, de embruxar, de ser largada com uma criança no colo.

— Eu prometo que vou ser um bom pai. E um bom marido.

— Promete mesmo?

— Prometo.

— Então me faz uma massagem nas costas? Tô toda dolorida.

16

Tinha decidido continuar a gestação. Não se sentia cem por cento certa; mas nunca se sentiu cem por cento nada, estaria igualmente mal caso decidisse diferente. Ela receava que repetisse com a filha – a essa altura, já sabia, era menina – o que a mãe foi para ela, uma influência ruim, uma referência vaga. Não podia ser injusta: a mãe não tinha apenas defeitos. Ensinou a ela, de seu jeito torto, talvez mesmo sem querer, a decidir com a própria cabeça. E só por isso Alice, agora, tomava essa decisão com segurança – com a segurança que conseguia, não plena, não incontestável: possível.

Mesmo segura de sua decisão, ela não se sentia, por isso, menos frustrada. Queria ter escolhido engravidar ou não; não queria que sua filha, sua primeira e talvez única filha, fosse fruto da dúvida. Celine não teve dúvida e veja como ela é bonita. Talvez – Alice supunha – a postura bamba das grávidas venha daí, de sua incerteza.

Havia mais preocupações, além da aparência, do desequilíbrio vindouros. A mãe tinha adoecido. Alice estava pesquisando – se ao menos fosse tão fácil encontrar em si as respostas que procurava quanto o era encontrar respostas na internet – estava pesquisando onde comprar Cytotec. A conversa com Júlio César a tranquilizou, de certo modo, mas ela ainda não confiava em seu discurso. Não achava que ele mentisse, achava mesmo que ele intencionava o que dizia, mas sabia que ele tinha uma visão deturpada do que estava por vir, se dessem seguimento à gravidez. Ele esperava simplicidades que Alice sabia inverídicas, de forma que sua promessa era ingênua, partia de uma premissa falsa. Ele prometeu ser um bom pai, um bom marido, sob suas expectativas desembaraçadas, não sob as emaranhadas expectativas dela. Não que ele precisasse fazê-lo, não tinha como fazê-lo, mas para ela a visão do marido partia de simplificações da realidade a que ela não aderia. A vida é uma enrascada – ela repetia para si mesma, e duvidava que o marido fosse capaz de desatravancar sozinho as dificuldades que não tinha previsto. Daí porque ainda não sabia se teria ou não o filho, se comprava ou não o remédio, daí porque pesquisava: para decidir se encerraria a gestação, antes precisava saber se tinha essa escolha. Pelo que indicavam os resultados da busca, aparentemente, ela tinha. Quase encomendou as pílulas, foi interrompida por uma ligação. Adelaide tinha sido hospitalizada.

Há alguns anos sentia fortes dores no pé da barriga, mas nunca naquela intensidade. Doía um pouco, ela fazia um chá de boldo, doía mais, abraçava-se numa compressa de água quente. Dessa vez foi pior que qualquer outra: acordou-se com as entranhas a perfurarem o abdômen. "É apendicite", concluiu, e deitou-se sobre o lado direito, para aplacar o desconforto. Só piorava. Tentou chamar a mãe, mas a voz lhe saía baixa, rouca, e a velha já não ouvia bem. Ninguém a acudiu.

Não sabia por que estava naquela masmorra. Ela tentava mexer os braços, mas eles não iam além do peito. Estavam presos a uma corrente de elos enferrujados, ainda assim muito fixos. Puxava-os para si o quanto conseguia, que era pouco, não tinha forças, de modo que eles não se soltavam da cama. As pernas também estavam presas, alguém as segurava. Provavelmente Alice, era Alice que segurava suas pernas, não era? "Me solte, me solte", ela vociferava, mas a menina não a largava. Segurava os tornozelos da mãe e os apertava contra o colchão, viam-se apenas as suas mãozinhas, o restante do corpo escondido sob o estrado. "Me deixe sair dessa cama, me deixe ir embora", mas a menina não desistia, agora as unhas incrustadas na pele de Adelaide, fazendo-a sangrar. Porém o sangue, em vez de seguir seu curso natural, escorria para cima, subindo-lhe pelas pernas até entrar de volta em seu corpo pela vagina. Adelaide contraía o períneo, o esfíncter, contraía a testa, contorcia-se inteira, sentia-se violada por aquela dor. Não sabe quanto tempo lutou contra as correntes, contra Alice, contra seu sangue, até perder a consciência.

Duas horas depois, às seis da manhã, como de costume, Dona Eulália levantou-se da cama e foi até o quarto da filha para desligar o ar-condicionado e abrir as cortinas. Encontrou-a desmaiada – soube depois, na hora achou que estivesse morta – e, numa velocidade que não sabia ainda conseguir alcançar, saiu em desespero para a porta – ninguém da vizinhança jamais a viu de camisola – pedindo socorro. Seu Umberto, que morava ao lado, foi quem ouviu primeiro o alvoroço.

— O que foi, Lalinha? O que foi? – ele veio perguntar.

—Adelaide acordou no chão! Chame uma ambulância, pelo amor de Deus! Por Deus, Umberto, me ajude!

Enquanto isso Raul, ouvindo os gritos da esposa, já tinha levantado e visto, no quarto, a filha desacordada. Tocou o corpo e notou que ele não só estava quente como queimava.

— Tá viva, mulher! Adelaide tá viva! – dizia enquanto a chacoalhava, tentando fazê-la despertar. — Ande, pegue um pano molhado antes que ela incinere – ordenou à esposa.

Ela desceu até a área de serviço tentando conter as próprias pernas, que agora se trombavam. Não tinha mais idade para esse tipo de emoção. Ensopou um pano, o retorceu e voltou para o quarto. Entregou-o tremelicando ao marido.

— Um pano de chão, Eulália?!

— O que é que tem? Não é pano do mesmo jeito?! – replicou a mulher, sentando-se na cama, sem se sustentar mais de pé.

— Era só pegar uma toalha no banheiro...

— E por que você não pegou?

Estavam nesse impasse, ela ainda recuperando o fôlego, quando a campainha tocou. Era Umberto, acompanhado da equipe do SAMU.

— Estavam aqui perto, no Hospital Cirurgia. Baita sorte, Lalinha.

— Por favor, entrem. Ela está lá em cima, primeira porta à esquerda.

Adelaide foi levada para o hospital. João foi o primeiro a saber, Raul ligou para ele, ele foi de imediato para o hospital. Lá explicaram, parecia ter uma doença infecciosa, era o que indicavam seus sintomas. Ainda faria alguns exames. Estava na UTI, tinha sido sedada e não respirava bem.

Algumas vezes ele sonhou – bem acordado – com a morte da mulher, desejava isso sem se envergonhar, tinha seus motivos, era claro que ela o detestava e era recíproco, que morra, caralho, ele desejava secretamente, quando ela, não raro, o contrariava. Mas agora que a possibilidade se fazia concreta, ele foi tomado de um inesperado desespero. "Será que fui eu", pois até nas tragédias ele requeria protagonismo, "que provoquei isso? Adoeceu depois do divórcio?". Durante o casamento, afinal, ela nunca ia ao médico, nunca precisou se internar, nem um braço quebrou. Tinha horror ao ambiente clínico. Resolvia suas queixas com chá, gargarejo, lambedor, banho de assento. Bastou separarem os corpos, o dela entrou em parafuso. Não devia ter permitido que a mulher se afastasse, agora ela estava doente e a culpa era dele, concluiu. Telefonou para Júlio César, pediu que ele contasse a Alice do ocorrido. "Estamos no hospital, eu, dona Eulália e seu Raul, peça que ela, antes de vir, passe na casa deles e regue as plantas, dona Eulália está pedindo, regue as plantas e depois venha para o São Lucas".

Depois de três dias de internação, Adelaide não melhorava. Alice conseguiu vê-la algumas vezes, não entendia direito de que a mãe sofria, na verdade nem os médicos pareciam entender, "administrei ceftriaxona", disse um doutor que estava de passagem, "ela está em tratamento com clindamicina", disse o plantonista no dia seguinte, sem contarem por quê. Alice lia o prontuário e procurava sentido em letras e termos específicos demais. "Paciente em antibioticoterapia", é o que ela consegue se lembrar daquelas páginas. Depois de três dias de internação, instável, inconsciente, febril, insuficiente à vida, a mãe foi submetida à cirurgia.

Seus ovários, útero, trompas, toda sua região pélvica tinha uma infiltração purulenta – muito pus por toda essa região, simplificou a enfermeira, apontando para a barriga de Adelaide. Ela devia conviver há muitos anos com alguma DST silenciosa, completou, porque a inflamação já tomava toda a membrana que lhe revestia o ventre, o peritônio. Algo que, não podia negar, era grave. "Mas tenha fé em Deus", foi assim que encerrou a conversa. Naquela mesma noite, Adelaide sofreu um choque séptico e – sem dor, pois àquela altura nada mais sentia – morreu.

17

Não tinha como assegurar – não traria aquilo à tona, não havia por que, nenhuma resposta garantiria certeza –, mas, para ela, foi o pai quem adoeceu a mãe. E ele também acreditava nisso, ela percebeu, tinha nos olhos um desespero inconteste desde que Adelaide partira. Não falou nada, não compartilhou com a filha sua aflição, mas não precisava falar para ela compreender que aquele aspecto de João, um homem cujo espírito nunca foi melancólico, e que agora estava deprimido, não era saudade, mas culpa.

João se culpava pelas vias onde se enfiou com descuido para, em seguida, ir meter-se em Adelaide, vias cheias de germes e males que, transpostos, enfraqueceram o lugar onde, anos antes, abrigou-se a filha que era metade sua. A filha que agora, quando a mirava de longe, confundia com a ex-mulher. Tinha lapsos frequentes em que esquecia sua morte, em que se esquecia até mesmo de que, no momento que antecedeu a sua morte, eles não estavam mais convivendo. "Adê!", ele chamava, esperando que ela lhe entregasse, pelo basculante, a toalha que esqueceu de levar para o banho. Irava-se pelo silêncio com que ela lhe respondia, até lembrar, a água já evaporando de seu corpo, que agora não tinha mais a quem atribuir suas ausências. Habituado ao barulho que ela fazia de manhã, agora ele demorava a acordar; quando o sono finalmente se desfazia, ele se assustava com o vazio deparado no lado oposto da cama, depois de tantos anos dormindo sozinho – primeiro no quarto de visitas e depois na suíte que ele herdou quando ela saiu de casa –, depois de tantos anos ele voltou a se espantar ao acordar e perceber, ao seu lado, uma lacuna, a mesma lacuna que ocupava o restante da morada e de si.

O pai sofria e Alice não tinha pretensão, nem coragem, de confrontá-lo com a verdade. Talvez bastasse o sofrimento. Também não queria mais indisposições, a barriga e o luto, juntos, desapossaram-na de sua bravura. Não queria, enfim, confirmar suas suspeitas e ser obrigada, por isso, a lidar com mais um afastamento. Se confirmasse quanto o pai tinha sido frívolo em sua relação, não poderia se manter impassível, por ela, pela mãe, pelo que diriam os outros, precisaria afastar-se dele, e ele da neta. Atestada sua hipótese, compulsório o abandono, seria um a menos para dividir com ela os cuidados com a menina, era o que se dizia, preferia se perceber calculista a revelar a si mesma que o que mais temia era – caso escolhesse a verdade – se desfazer do outro polo de sua existência, se apartar de João e, à vista disso, se apartar das lembranças que dividia, agora, somente com ele. Sua infância tola, sua adolescência reticente, agora só tinha o pai de testemunha. Pragmaticamente, ela decidiu, preferia manter a mera desconfiança, por mais tímida que fosse a dúvida, em vez de conviver com a severidade – e as consequências – da certeza. Mesmo que isso lhe custasse a beleza: ficaria feia e bamba se sua insegurança garantisse à filha um avô.

— Papai — chamou João e alisou a barriga, enquanto olhavam para o caixão ser descarregado ao solo —, o nome dela vai ser Adelaide.

o

Este livro foi composto em papel off-set 75g
e impresso em junho de 2021

Que este livro dure até antes do fim do mundo.